Sammlung Luchterhand 2031

Ernst Jandl (1925-2000) begegnet Ernst Jandl – in einem witzigen, schonungslosen, gefühlvollen, grotesken und immer mitreißend unterhaltsamen Treffen, das in keinem seiner Bücher bisher so ausschließlich in Szene gesetzt ist wie in diesem. Ein Ernst Jandlsches Höchst- und Gesamtvergnügen – das gleichermaßen Einblicke in sein vielgestaltiges Werk und in seine Biographie gibt und deswegen als Ersatz für die Autobiographie gelesen werden kann, die Jandl sich Zeit seines Lebens geweigert hatte zu schreiben.

Ernst Jandl
aus dem wirklichen leben

gedichte und prosa

Luchterhand

Zusammengestellt von Klaus Siblewski

Fotografie Seite 2: Cora Pongracz
Umschlagkonzeption und -gestaltung:
R·M·E/Roland Eschbeck
Satz: Fotosatz Amann, Aichstetten
Druck und Bindung: Ebner & Spiegel, Ulm

ISBN 3-630-62031-0

spruch mit kurzem o

ssso

lichtung

manche meinen
lechts und rinks
kann man nicht
velwechsern.
werch ein illtum!

ottos mops

ottos mops trotzt
otto: fort mops fort
ottos mops hopst fort
otto: soso

otto holt koks
otto holt obst
otto horcht
otto: mops mops
otto hofft

ottos mops klopft
otto: komm mops komm
ottos mops kommt
ottos mops kotzt
otto: ogottogott

zweierlei handzeichen

ich bekreuzige mich
vor jeder kirche
ich bezwetschkige mich
vor jedem obstgarten

wie ich ersteres tue
weiß jeder katholik
wie ich letzteres tue
ich allein

die humanisten (auszug)

2

m1 *(zum publikum gewandt, doch zu sich selbst sprechend)*
ich hier sein
wo sein?
ich ich sein
wer sein?
ich jetzt sein
wann sein?
ich jetzt hier sein
–
ich sein mein sprach
mein deutsch sprach
mein schön deutsch sprach
(zum publikum)
du wundern mein schön deutsch sprach?
sein sprach von goethen
grillparzern stiftern
sein sprach von nabeln
küßdiehandke
nicht sprach von häusselwand
sein sprach von bühnen
sein bühnendeutschen
sein von burgentheatern
nicht sprach von häusselwand
(m2 tritt auf, nähert sich)
–
mein sprach sein *ein loben*
immer wenn sprechen ich loben den sprach
mein sprach sein ein loben

m2 du sein gut sprechen
du haben denkenkraft
du wortengewalt
m1 ich sein ein professor
was du sein?
m2 ich sein ein kunstler
was du sein?
m1 ich sein ein universitäten professor
was du sein?
m2 ich sein ein groß kunstler
was du sein?
m1 ich sein ein universitäten professor von
geschichten
was du sein?
m2 ich sein ein groß deutschen und inder national
kunstler
was du sein?
m1 ich sein ein universitäten professor kapazität von
den geschichten
was du sein?
m2 ich sein ein groß deutschen und inder national
nobel preisen kunstler
was du sein?
m1 ich sein ein nobel preisen universitäten professor
kapazität von den deutschen geschichten
ich sein ein nobel preisen
m2 ich auch sein ein nobel preisen
m1 ich und du sein ein nobel preisen
m2 herren kollegen
m1 herren kollegen
m2 ich und du sein ein nobel preisen
m1 ich und du sein ein herren kollegen

3

m1 ich dir zitieren einen spruchen
ich sein historiken
sein ein historiken spruchen
ich dir zitieren einen spruchen:
der kurten sein furten
die missen geburten
jetzt es gehen uns gurten
du hören?
der kurten sein furten
die missen geburten
jetzt es gehen uns gurten
m2 das sein ein nazi spruchen
m1 ja das sein ein nazen-spruchen:
der kurten sein furten
–
die missen geburten
jetzt es gehen uns gurten
m2 das sein
nazen-spruchen gewesen
m1 sein es gewesen gegen kurten schuschniggen
du noch erinneren – dollenfußen?
engelberten – dollenfußen
–
m2 ich dir zitieren einen gedichten
ich sein sprachenkunstler, sprachenkunstler
ich dir zitieren einen goethen:
in walden ich gehen so führen mich hinnen
und nichtsen zu suchen das sein mein sinnen
in walden ich sehen ein blumen stehn
wie sternen leuchten wie augen schön
ich wollen den blumen brechen sein
sprechen den blumen: nein nein nein

in walden ich gehen so führen mich hinnen
und nichtsen zu suchen das sein mein sinnen
–
sein ein goethen-spruchen
goethen-gedichten ...
das sein ein *sprach* ...

4

m1 den *deutschen sprach* ...
m2 du lieben den deutschen sprach?
m1 den deutschen sprach mir *heilig* sein
m2 ich sehr lieben den deutschen sprach, sehr lieben
m1 den deutschen sprach mir heilig sein
sein mein muttersprach
m2 sein mein und dein muttersprach
m1 muttersprach heilig sein
mir heilig sein
m2 mir und dir heilig sein muttersprach
deutschen muttersprach
m1 österreich mein vaterland sein
deutsch mein muttersprach sein
m2 du und ich österreich dein und mein vaterland sein
m1 deutsch du und ich dein und mein muttersprach sein
m2 ich dich verstehn
ich gut dich verstehn
m1 du und ich dich und mich gut verstehn
m2 *(rascher)*
du und ich
dich und mich
gut sich verstehn
m1 du und ich
dich und mich

gut sich verstehn
gut sich verstehn
sich verstehn
–
m2 *(sehr rasch)*
du kommen handeln schutteln
handeln schutteln
ich dich –
ich kommen handeln schutteln
ich kommen mich handeln schutteln
(m2 hand von m1 fassend und heftig schüttelnd)
ich dich kommen handeln schutteln
handeln schutteln
handeln schutteln
ich dich kommen handeln
duuu
ich dich kommen handeln schutteln
(ruhig)
handeln schutteln einen *kunst* sein
handeln schutteln einen *wissenschaft* sein
du sein ein professor nobel preisen
m1 du sein ein kunstler nobel preisen kunstler
m2 nobel preisen professor...
handeln schutteln einen kunst sein
einen kunst sein
kunst sein
–
m1 in kunst viel nicht gut sein
heut in kunst viel nicht gut sein
m2 deutsch sprach sein kunst
sein ein kunstsprach
m1 vaterland sein kunst
deutsch sprach und österreich vaterland sein kunst

m2 österreich sein ein kunstland
m1 vaterkunstland
m2 kunstvaterland ...
salzenburger fetzenspiele!
m1 burgentheatern!
m2 operan!
m1 schuber und brahmst!
m2 schrammenmusik!
m1 österreich sein ein kunstland!
m2 donau zu blau, zu blau, zu blau
m1 sein ein kunstvaterland!
–
viel kunst heut nicht gut sein ...
viel kunst heut nicht viel gut sein
m2 *(heftig)*
sein viel – *schmutzen*
kunst – schmutzen
m1 sein viel viel schmutzen
viel viel kunst-schmutzen
m2 sein *ich* kunst schutzen
m1 du sein und ich sein kunst schutzen
m2 deutsch sprach schutzen
m1 österreich vaterland schutzen
schutzen
m2 sein viel viel nicht kunstler
sein kunst-schmutzen
sein schmutzen
m1 schmutzen finken
m2 schmutzenbacher
m1 pfui gack

zertretener mann blues

ich kann die hand nicht heben hoch zum gruß, schau her:
ich kann die hand nicht heben hoch zum gruß.
wo ich doch weiß, wie schlimm das enden muß.

da steht der braune mann vor mir und schlägt. schau nur:
da steht der braune mann vor mir und schlägt.
diesmal heb ich die hand, jedoch zu spät.

ich krieche mit zerdroschenem gesicht. schau weg:
ich krieche mit zerdroschenem gesicht.
vor meinem schlächter, doch ich bettel nicht.

ein stiefelriese tanzt auf meinem bauch. hilf mir:
ein stiefelriese tanzt auf meinem bauch.
ich fresse feuer, und ich bettel auch.

bald fällt ein knochensack ins massengrab. ho ruck:
bald fällt ein knochensack ins massengrab.
dann bin ich, wo ich meine freunde hab.

scheer

herr scheer es gab ihn doch er kommt mir nicht
zurück in mein erinnerungsgesicht
indes frau scheer schwarz mittelgroß fast dick
vermutlich immer gut für gattentreuen fick
mit schwerem jüdischem akzent auf deutscher sprach
vor meiner mutter sich den kopf zerbrach
wie allen uns gemeinsame familiensachen
zu regeln seien nämlich recht zu machen
während sie leibchen höschen polohemden legte
wo meine mutter sie zu prüfen pflegte
bis nebenher sie bunten katalog
unterkleiddamen vor mein bruder zog
doch robi sagte nein das mag ich nicht
die mutter oft lobte den sexverzicht
dies sei es was an juden nicht gut sei
daß sexuelles sei bei ihnen allzu frei
bis dann auf deren ladenfenstern JUDE stand
herr scheer frau scheer wer sonstnoch still verschwand

der direktor stand vor der klasse und verkündete den verlust eines auges. es war das auge eines ehemaligen schülers der anstalt gewesen, dessen name mir nichts sagte, und er hatte das auge auf dem schlachtfeld eingebüßt. daß es zum höchsten gehöre, das einem jungen manne beschieden sein könne, für führer und volk ein auge zu opfern, entnahmen wir entsetzt den pathetischen worten des direktors. solche größe des einsatzes von leib und leben bleibe ihm, einem manne, zu alt für die front, zu seiner beschämung versagt; für uns hingegen ... wir standen da, und uns schauderte.

1925 geboren, besuchte ich von 1931 bis 1935 die volksschule der kongregation der töchter der göttlichen liebe im dritten bezirk in wien, zur wahrung der kontinuität der von meiner mutter intensiv betriebenen katholischen erziehung. daher auch wurde ich schüler des renommierten, von benediktinern geführten schottengymnasiums. in mein drittes jahr bei den schotten fiel die annexion österreichs durch das nationalsozialistische deutschland. ein halbes jahr später wurde dem orden das recht auf die führung von schulen entzogen.

das jähe absinken meiner leistungen in der dritten gymnasialklasse hatte offenbar drei gründe. meine mutter, durch myasthenia gravis seit jahren zunehmend behindert, zu boden gedrückt durch die haushaltsarbeit für fünf, vergeblich ihre drei tollwütigen söhne – dreizehn, neun und sechs – in güte wie strenge zu besänftigen suchend, war außerstande, meine arbeit mit derselben genauigkeit zu kontrollieren wie in den jahren vorher und hatte überdies keinen zugang zum altgriechischen, dessen unterricht in dieser klasse einsetzte; ehe die ersten negativen resultate evident waren, vertraute sie meinen beteuerungen, es funktioniere auch ohne ihre mithilfe alles klaglos.

sie starb, den kopf an den arm meines vaters gelehnt, am 6. april 1940, nach einer letzten bitteren klage über den kummer, den ihr die drei söhne seit jahren bereitet hatten. der zweite grund war das stürmische einsetzen meiner pubertät; der dritte die politischen erschütterungen, von denen auch ein dreizehnjähriger nicht unberührt blieb.

die vierte klasse und alle weiteren bis zum abitur am ende der achten besuchte ich am gymnasium in der kundmanngasse im dritten bezirk, meinem wohnbezirk. darüber hatte es eine debatte mit meinen eltern gegeben, wobei meine mutter dafür plädierte, mich meine studien, wenn es schon keine konfessionellen schulen mehr gab, an der nunmehr einzigen ihr als eliteschule erscheinenden anstalt fortsetzen zu lassen: dem akademischen gymnasium, wo auch tatsächlich zahlreiche schottengymnasiasten wieder zusammentrafen. ich leistete ihr entschiedenen widerstand, da ich mich eher nach unten gezogen fühlte, ins allgemeine, erhofft vulgäre, als hinauf ins angeblich besondere, dessen tücken ich in den letzten drei jahren erfahren hatte.

von meinem vater unter hinweis auf seine eigene ausbildung an einer gewöhnlichen oberschule unterstützt, konnte ich meinen willen durchsetzen. zwei mitschüler von den schotten wählten ebenfalls diese schule, und so fand ich mich von vornherein nicht völlig isoliert. (später erfuhr ich, daß es am akademischen gymnasium einen hervorstechend strebsamen schüler gab, der die lückenlose eingliederung der schüler dieser anstalt in die HJ zu organisieren und dann dauernd zu kontrollieren verstanden habe. ich hatte ohne zweifel die für mich bessere schule gewählt.)

noch am schottengymnasium, im verbleibenden schuljahrsrest, organisierten einige schüler der oberklasse den eintritt aller in die hitlerjugend, nahezu aller, denn jeder einzelne wurde nach der zahl etwaiger jüdischer großelternteile befragt, worauf einige von der aufnahme zurückgestellt wurden. diese konnte man von der bevorstehenden abreise in andere länder reden hören. lehrer schienen sich in den organisationsprozeß nicht einzuschalten. als uniformersatz diente ein weißes hemd mit armbinde, kurze hosen und weiße kniestrümpfe. veranstaltet wurden tagesmärsche in die umgebung von wien, die den sonntag kaputtmachten. es gab dabei ansätze von drill, das einlernen von liedern und sogenannte geländespiele. an einem ausmarsch dieser art nahm ich teil und kehrte abends zerschlagen und mißmutig nach hause zurück. solchen übungen wollte ich künftig zu entgehen trachten. kurz darauf schloß das schuljahr.

an der neuen schule wartete ich, bis sie mich holen kämen, doch es kam niemand. ein jahr später drang ein neuer jungentyp mit langhaar und ausgefallener kleidung in unserer klasse durch. eine kontrolle durch den klassenvorstand, PG, altphilologe, zyniker und als nicht allzu gefährlich geltend, ergab, nun schon mitten im krieg, daß nur noch ein rest der klasse am HJ-dienst teilnahm. dafür gab es mehrere aktive mitglieder des DRK, was als ersatz akzeptiert wurde. meine begründung für die nichtmitgliedschaft bei der HJ, »weil es mich nicht interessiere«, blieb ohne folgen. dennoch verschaffte ich mir vorsorglich einen DRK-ausweis und besuchte einen rotkreuz-kurs. der ihn leitende arzt empfahl als die rascheste und sicherste art des selbstmordes das erhängen.

turnsaalgeruch rief in mir ein im ganzen körper spürbares unbehagen hervor. mit schlaffen armen hing ich am seil; mit dem bauch prallte ich gegen den bock; ich rettete brille und nase vor dem scharf geschossenen ball; der schwimmlehrer ließ mein kinn los, und ich versank. von der letzten stelle des zeugnisses an die erste gerückt, gab es leibesübungen nun an fünf tagen der woche, was mir von sechs schultagen nur einen einzigen ließ, der ohne beklemmung begann.

mit dem körper, gewiß, war er der größte von uns – und auch der kräftigste; als ich die vierte B zum erstenmal betrat und ihn sah, sank mir das herz. herausfordernd trug er die kürzesten schwarzen kordhosen, bestandteil seiner HJ-uniform, den dolch an der seite, das haar militärisch geschnitten, und verkündete schon durch sein äußeres seinen führungsanspruch. ein jahr lang wich ich ihm aus.

dann kam der sommer 39, mit den ferien, die die schule auf distanz rückten, und als wir wieder in der kundmanngasse eintrafen, war bereits krieg.

der mit dem körper gewiß größte und kräftigste von uns betrat die klasse in leicht gebeugter haltung; er trug lange, nach unten sich ausweitende, mit dem saum am boden schleifende hosen; seine weinrote jacke reichte fast bis zum knie; sein langes, kompaktes, schwarzes haar glänzte von öl und war in der mitte gescheitelt, über der stirn zu zwei höckerartigen ausbuchtungen angehoben, an den schläfen glatt nach hinten geformt, wo die beiden flügel (»schwalbenschwänze«) sich mit dem zurückgekämmten haar der kopfkuppe zu einem hart abgehackten, horizontalen abschluß vereinigten, unter dem der hemdkragen einen streifen glattrasierten nakkens sichtbar ließ. an einem winzigen knoten hing von seinem hals eine überaus schmale krawatte bis zum schritt seiner hosen. sein requisit war ein aus der vorderen oberen jackentasche herausragender schmaler kamm, zu dem ein vorerst verborgener taschenspiegel gehörte, um den sitz des haares zu überprüfen und allenfalls eine korrektur daran vorzunehmen. augenblicklich war er von mitschülern umringt.

es gebe jetzt, hub er an, und seine stimme schien ein wenig höher und dünner als sonst, junge männer, die meisten um einiges älter als wir, die nicht zur schule, sondern zur lehre gingen, also arbeiter seien, und sich ihr haar wachsen ließen und es pflegten wie er, überlange sakkos trügen und lange weite hosen und dünne, ganz lange krawatten, und die erstklassige mädchen schleppten und in der freizeit in den prater zum tanz gingen. ein freund, ebenfalls ein junger arbeiter, habe ihn mit einer gruppe von ihnen zusammengebracht, und seitdem gehöre er dazu und gehe mit ihnen tanzen und trinken in den prater, und keiner von ihnen sei bei der HJ, und er gehe auch nicht mehr hin, und sie nennten sich schlurf und hätten springmesser und schlagring, und in der HJ-uniform dürfe sich abends keiner mehr blicken lassen im prater, sonst würde er gestochen wie unlängst ein HJ-führer, der sich uniformiert in ihr revier gewagt hatte.

einmal noch hörte ich von den schotten. der abt, in seiner predigt, hatte ein gefährliches wortspiel riskiert: »die stunde der vergeltung kommt, für jeden *naht sie*.« der freund, der es uns erzählte, und wir, die es von ihm erfuhren, empfanden die gleiche genugtuung.

unversehens brachte einer von uns eine ahnung von jazz in die klasse, indem er sich ans klavier setzte und zu improvisieren begann. dietrich, unser musikalischer meister, übernahm sofort diese spielweise. in den letzten drei klassen schloß ich mich eng an ihn an. über mein stümperhaftes klavierspiel, ihm lange verborgen, war er entsetzt; ich hielte mich besser an meine gedichte. in einem musikladen eroberten wir, für ihn als spielenden, mich als zuhörer, hindemiths »suite 1922« und den klavierauszug von kreneks »jonny spielt auf«. von moderner bildender kunst erfuhren wir, wenngleich nur in dürftiger andeutung, aus dem katalog zur ausstellung »entartete kunst«, deren besuch jugendlichen untersagt war.

bis zum abitur besuchten wir gemeinsam den stehplatz in burgtheater und oper, hörten, neben dem klassischen repertoire, mit spannung neue klänge bei orff, egk und wagnerregeny und erlebten als höhepunkt unserer gemeinsamen opernbesuche eine umjubelte aufführung des balletts »petruschka« durch ein ensemble aus rom, zu einer zeit, als es strawinsky bei uns nur noch im verborgenen gab.

nach burgtheatervorstellungen machten dietrich und ich gern einen umweg über die tuchlauben, um einen blick in die kleeblattgasse zu werfen, wo über einem tor in dunkelrot leuchtenden lettern die aufschrift »madame lou« prangte. das tor schien fest verschlossen, und nur in großen intervallen ging ein mann darauf zu und wurde eingelassen, und ebenso selten trat einer heraus und entfernte sich rasch. das war alles, was wir je davon zu sehen bekamen, und war für uns das äußerste an verheißung.

die dobner-diele, mit den soldaten, grüne cocktails schlürfend, besuchten wir wegen des anblicks der nackten brüste der tänzerinnen, aber für die kapelle dort komponierte dietrich ein stück und legte es bittend dem erstaunten kapellmeister vor, der die noten schließlich verteilte. was ich hörte, klang wunderbar. dietrich klärte mich auf, sie hätten alles völlig falsch gespielt und nur mit mühe zu einem gemeinsamen ende gefunden.

ihm, als dem einzigen, zeigte ich meine gedichte und erhielt zuspruch. in einer anthologie aus dem jahre 1926, von mir herangeschafft, wies ich ihn auf je drei gedichte von johannes r. becher, wilhelm klemm und august stramm hin, als die mich am meisten bewegenden; sie berührten ihn ebenso, doch er legte den finger auf ein weiteres, das mir bisher entgangen war, das gedicht »was ich liebe« von felix dörmann, mit der endstrophe: »ich liebe, was niemand erlesen, / was keinem zu lieben gelang: / mein eignes, urinnerstes wesen / und *alles, was seltsam und krank*.« wir erkannten darin motive unserer eigenen absage an die nationalsozialistische auffassung von kunst und leben.

ein schüler aus einer höheren klasse war nach durchsuchung seiner schultasche, in der sich flugblätter staatsfeindlichen inhalts fanden, zusammen mit einem komplizen von der schulbank weg verhaftet worden. kurz danach ging die rede von einem prozeß, bei dem es ein todesurteil gegeben habe, das jedoch in eine lebenslange haftstrafe umgewandelt worden sei. die beschuldigten seien mit kreisen im feindlichen ausland, und zwar england, in verbindung gestanden.

(zwei details wurden, ohne je bündig bestätigt zu werden, von uns schülern gehört und besprochen: das todesurteil sei nicht zuletzt deshalb ausgesetzt worden, weil bereits der vater und der bruder des zum tode verurteilten wegen eines vergleichbaren delikts hingerichtet worden seien; und der direktor, ein durchdrungener nationalsozialist, habe vor gericht alle gewalt seiner an der antike geschulten rhetorik zugunsten der angeklagten aufgeboten.)

der mann vom afrikakorps stand eines morgens in der klasse. der englischlehrer, in welchem wir einen kommunisten vermuteten und den wir hochschätzten, erhob sich und begrüßte den uniformträger als seinen einstigen schüler. auch einige von uns kannten den mann, ich nicht. er begann, von seinen erfahrungen an der front in nordafrika zu berichten, äußerte sich geringschätzig über die dort ebenfalls eingesetzten italiener und zwang durch den unaussprechlichen satz, *wenn deutschland den krieg verliere*, würde das einzig die schuld der italiener sein, den englischlehrer zum eingreifen. das thema wechselnd, kam der uniformträger auf die unvergleichlichen mädchen, leicht wie daunen, in den afrikanischen bordellen zu sprechen. der englischlehrer, zu unserem laut bekundeten mißfallen, schnitt ihm das wort ab und gab ihm gute wünsche mit auf den weg nach afrika.

in dasselbe hofhaus, wo der hagere tischler, der für meine eltern manche reparaturarbeit ausführte, seine werkstatt gehabt hatte, ein alter sozialdemokrat, knapp nach dem einmarsch der deutschen meiner mutter prophezeiend, jetzt würde es krieg geben, worte, die zu glauben meine mutter angesichts ihrer drei heranwachsenden söhne sich verbieten mußte, traten vier jahre später nach ende des unterrichts schweren herzens zwei gymnasiasten, der eine ich, und suchten, tor um tor, an den namenstafeln im flur nach dem familiennamen des mitschülers, dessen kriegstod uns in der schule verkündet worden war.

er war ein mittelgroßer, stämmiger knabe gewesen, mit schwarzem flaum auf der oberlippe, einem frischen, rotwangigen gesicht, ernsthaft und arbeitsam, selbst wenn unterrichtsstunden chaotisch verliefen, keiner gruppierung innerhalb der klasse, schlurf etwa und nicht-schlurf, sich anschließend, nie ein spielverderber und bei allen beliebt. er und ich hatten nahezu den gleichen schulweg gehabt, und das nützten wir unterwegs zu langen gesprächen.

jetzt stiegen der andere und ich die treppe hoch, hielten vor der tür, hinter der wir den vater, einen witwer, vermuteten, zögerten, dann drückte einer die klingel. wir hörten von innen schleppende schritte, dann sahen wir uns einem kleinen alten mann gegenüber, mit kleinen, verweinten augen. auf ein paar gestammelte worte von uns legte er die hand über seine augen und schloß vor uns langsam die tür. der sohn war sein einziges kind gewesen. ob es die tischlerwerkstatt noch gab, dafür hatte ich keinen blick, als wir das hofhaus verließen.

der schrei

ich habe meine mutter durchlocht
als ich herauskam, oh welcher schrei
ich habe ihn nicht gehört, ich habe ihn sicher nicht gehört
und ich kann auch nicht sagen, er hätte mich zerstört
aber gewiß hat er mich verwundet
davon bin ich nie gesundet

ave maria

mutter hat gewußt
was sie wissen mußt

wenn du mein kind krepier
steht er schon neben dir

zu richten fürchterlich
für kleinste sünde dich

für kurze lüge unlängst
du jahrelang im fegefeuer brennst

für einmal onanieren
wirst ewig du die hölle spüren

doch bist du sündenfrei wie ich
hebt flugs er in den himmel dich

wo du zwar nicht leben
doch ihn umschweben wirst

für immer und ewig. amen

hernals

oh scheiße, ich habe gestern
mein abendgebet vergessen
aber heut früh wirst du es, lieber gott
auch noch akzeptieren

»lieber gott, laß mich eher sterben
als eine todsünde begehen«

wie es eben jetzt geschehen könnte
denn es ist sonntag
und ich habe nicht die absicht zur messe zu gehen
was eine todsünde ist
sondern bleibe im warmen bett
um noch ein bißchen zu onanieren
was ebenfalls eine todsünde ist
wie meine mutter mir erklärt hat
eh man sie begraben hat
auf dem hernalser friedhof
hoch über der stadt, meinem geliebten
wien.

seltsam, wie oft
er mein gebet schon nicht erhört hat.

zur erinnerung an meinen
großvater dereinarmer
offiziergewesen

de
zember
schultertmich

aufinsaufinsaufinsauf

ihn
den wein der
        wei

hnacht

»wer sein kind liebt, der züchtigt es«

ich weiß, ich habe gelogen

nein, mama, ich hab nicht gelogen
du hast gelogen!
nein, mama, ich hab nicht gelogen
die hände runter, die wange her
nein, mama, ich hab nicht gelogen
runter die hände, die wange her
nein, mama!

so wurde ich erzogen

legende

der vater stellt sich breit vor mich.
die mutter schreit: wir lieben dich.

kein zaudern vaters stirne ritzt.
in vaters hand das messer blitzt.

aus mutters nasen rollt ein dampf.
ich weiß um mutters heißen kampf.

herab saust vaters scharfe hand.
ich habe mich als lamm erkannt.

halt ein, befiehlt die mutter schrill.
ich spreche fest: nur wenn gott will.

da rauscht es, daß die luft zerbricht.
der vater auf gefieder sticht.

der engelflügel ist aus erz.
engel fühlen keinen schmerz.

ein lamm hüpft aus des engels hand.
der vater hat den zweck erkannt.

ins lamm der vater treibt den stahl
und unterbricht des opfers qual.

der himmel nimmt die gabe an.
der engel schwebt zur sternenbahn.

der vater reibt die klinge blank.
laut aus der mutter strömt der dank.

neuigkeiten aus der großen weiten welt

kaufen wir teller
kaufen wir teller

daß sich die alten römer
im bade
die pulsadern
öffneten

daß der besiegte feldherr sich
ins schwert stürzte
und daß die mutter schrie: »ich bring mich um!«
im kampf mit dem vater

aber dann bloß
den stapel teller
auf die fliesen des küchenbodens
schmetterte

es waren neuigkeiten
aus der großen weiten welt
für den kleinen jungen

das gleiche

beim empfang der nachricht vom tod seiner mutter sah ich meinen vater zum ersten mal weinen. meine mutter hielt ihn wie ein kind und streichelte seinen kopf.

als mir wenige jahre später das gleiche zustieß, bemühte ich mich vergeblich, dem beispiel meines vaters zu folgen. allerdings hatte ich auch keine mutter, mich zu halten.

mutters früher tod

mutters früher tod
hat mich zum zweiten mal geboren

mit eselsohren
und der langen nase des pinocchio

so findet man mich leicht
ich bin verloren

fahren aufs land
südbahnhof
noch keine bomben auf wien
vater hochhält den kopf
die drei knaben sind mit ihm
mutters tod darf die vier
nicht dauernd zu boden ziehen
es wäre nicht nach mutters sinn

gerade *weil* ich zum freundeskreis
ihrer werten stiefmutter zähle
sollten sie sich schämen, an mich als arzt
ein solches ansinnen zu stellen.
leute wie sie
werden heute dringend an der front gebraucht
wo sie im nu, das garantiere ich ihnen junger freund
von ihrer sie jetzt so beunruhigenden
nervenschwäche kuriert sein werden.

vier bestrafungen

die erste bestrafung bekam ich, weil ich mich in den schnee warf. seine lage als hauptmann hätte erfaßt werden müssen, um nicht ganz und gar einfältig, wie ich es tat, auf die nichtunterscheidbarkeit infolge der uniform und auf sein rasches vergessen des unbedeutenden vorfalls zu zählen, denn dessen geringfügigkeit vermochte weder das gewicht eines befehls noch die gehorsamspflicht des soldaten zu verringern, und so konnte es für ihn, in seiner lage als hauptmann, ein schon tags darauf sich nicht mehr erinnern nicht geben, es sei denn als ein sich nicht erinnern wollen, und ein solches durfte man von ihm oder irgendwem nie einfach voraussetzen. auch war es verfehlt, nur deshalb, weil man seine uniform als eine art von verkleidung trug, nämlich ohne jedes einverständnis mit allem für das die uniform ein zeichen war, sich als in einer tarnkleidung steckend vorzukommen und daher gesichtslos, nämlich für andere nicht von angesicht zu erinnern. es funktionierte nicht so, auch nicht im winterlichen mondglanz auf dem kasernhof und inmitten eines rudels von zu lang vor dem tor gebliebenen und von diesem hauptmann gestellten jetzt verschüchterten soldaten, noch dazu wenn, nach zögern und zu spät, man ein paar sprünge und sich dort in den schnee zu werfen wagte, wo man sich außerhalb der wahrnehmung des bereits kontrollierenden hauptmanns wähnte. so daß man dann umso kläglicher vor dem danebenstehenden hochkam und zur meldung am folgenden morgen befohlen wurde. diese dann aus allgemeinem mangel an einschätzung zu unterlassen, mußte bereits wenig später zu einer begegnung, an der nichts außer dem zeitpunkt zufällig war, mit dem hauptmann führen und zu den anschließenden schwierigkeiten.

die vierzehntägige ausgangssperre bedrohte eine sich seit

kurzem anbahnende erotische beziehung die, trotz wiederholter bemühungen in der zwischenzeit, die erste seit der mehr als zwei jahre zurückliegenden überhaupt ersten zu werden versprach, aber bis dahin bloß ein geselliges stadium erreicht hatte. ein an mich gerichteter bedauernder und ermutigender brief samt einer probe einer nicht zuletzt meinetwegen zubereiteten köstlichkeit wurde mir von einem teilnehmer an der von mir erstmals versäumten runde in den nicht zu verlassenden kasernbereich mitgebracht, worauf ich am folgenden wie an den weiteren abenden pünktlich durch meldung den beweis für meine anwesenheit erbrachte, um mich anschließend durch die ausbruchsstelle im maschendraht jeweils bis zum nächsten morgen und insgesamt unentdeckt zu entfernen.

die zweite bestrafung bekam ich, weil ich meine jacke verlor. als spezialjacke gehörte sie zu meiner ausrüstung und ohne sie galt ich als nicht oder nicht vollständig einsatzbereit, weshalb ich beim umladen des gepäcks, das in einem garten geschah, wobei sie unter die masse von anderem zeug geraten konnte und daraus nur mit mühe wenn nicht überhaupt nicht wieder hervorzuholen sein würde, nicht die nötige aufmerksamkeit walten ließ um eben dies zu verhindern. so daß ich außerdem für sie zu bezahlen und auf die beschaffung eines gleichen stücks zu warten hatte, ohne deshalb in dieser kritischen phase des allgemeinen fertigmachens für den spürbar bevorstehenden aufbruch der für mich lebenswichtigen verzögerung auch wirklich so sicher sein zu können, daß ich mir nicht durch meldung zum arzt einen zweiten weg zu öffnen gesucht hätte. daß dieser arzt, ein verhältnismäßig alter mann, meiner vorgegebenen beschwerden wegen mich unverzüglich zu einer untersuchung in die entferntere stadt entließ, konnte bei meiner rückkehr zwei tage später, als die einheit bis auf einen sich festsetzenden rest verschwunden war, ein jähes gefühl des vertrauens in die eigene geschicklichkeit nicht dämpfen.

die dritte bestrafung bekam ich, weil ich über den zaun sprang. springen war nicht meine stärke, und es gehörte zu mir zu warten bis alle hinüber waren wenn es über einen bach ging, ehe ich nach vergeblichem suchen nach einer schmäleren stelle dann doch statt den mißglückenden sprung zu wagen bis zu den knöcheln in den schlamm und den knien ins wasser stieg. noch einmal, schrie an diesem tag der gefreite, ich stützte mich mit der linken am aufgeweichten grabenrand, sprang hinunter in den schlammigen graben, und heraus! schrie der gefreite, ich hielt mich mit den händen links und rechts am grabenrand fest und kam ziehend und kletternd hoch und heraus; hinunter und noch einmal! schrie der gefreite der es durch festhalten an nur einer seite wollte, und ich wieder unten kam durch festhalten mit beiden händen an nur einer seite in wiederholtem hochspringen zu keinem halt um mich hochzustemmen und heraus, aber irgendwie dann doch und ganz voll nassem lehm; machen sie daß sie zu den anderen kommen. es war zu naß um es mit bürsten herauszukriegen, also steckte ich die zigarren zu mir und lief, lehm an allen stellen, weg und hinunter zum bahnhof, in die bahnhofrestauration, fragte als er abseits stand den kellner, tscheche und wie sie alle des deutschen kundig, wie ich von dort direkt zu den zügen gelangte, drängte ihn die zigarren zu nehmen die er für die auskunft nicht wollte, sprang als ich niemand mich beobachten sah über den niedrigen eisenzaun, stieg ein und blieb auf dem gang und zur sicherheit nahe dem klosett.

du brauchst dazu einen der an deiner stelle »hier« ruft wenn ein appell ist, und wenn es bei dir vorkommt daß dich unversehens die angst packt, auch einen der weiß wo du bist aber schweigt und hört was sich tut, und ein telefon zu ihm. wenn du aus der andern stadt dann zurück bist, kannst du dir vom postamt aus von ihm noch die letzte sicherheit holen daß sich nichts verändert haben wird wenn du wieder drinnen bist; nicht daß du es nicht wolltest, aber anders; nicht in der weise wie seine stimme jetzt verändert klingt, beim verneinen daß alles in ordnung ist. vom postamt, während du ihn dort erwartest, dann rasch eine karte zurück: bitte nicht schreiben, dein. ohne namen.

dinge waren in bewegung geraten, die ich nicht zum stillstand bringen konnte, das mußten andere tun und ich würde sie auch dann nicht lieben. ich legte mir zurecht, ich sei nie außerhalb der stadt gewesen und hätte mich knapp vor dem zeitpunkt der entdeckung erst entfernt; nichts was ich sagte durfte die bestehenden kontrollen kompromittieren. ich konnte es sagen wie es war, aber von der bei der ich war den namen nicht nennen, denn das eine war der umstand den männer wie sie noch am ehesten verstanden, aber daneben gab es umstände die männer wie sie wenn sie soldaten waren wie sie nämlich feldwebel oder offiziere und verheiratet und vielleicht selbst schon hätten als vermißt gelten können und dann nicht unbedingt gefallen sein mußten sondern auch gefangen sein konnten nicht verstanden hätten oder nicht verstehen hätten wollen, und so war von der bei der ich war unbedingt der name nicht zu nennen, was zudem noch verraten hätte daß ich doch nicht in der stadt geblieben war.

aber sonst war von der sache alles zu sagen wie es war und auch eine begründung dafür zu geben die nicht ganz anders war als ich selbst es sah, nämlich gesehen hätte wenn ich für mich selbst eine gebraucht hätte: es war die erste geglückte beziehung dieser art in der langen zeit seit meinem mißgeschick bei der überhaupt ersten, worüber wahrheitsgetreu zu berichten war. daß sie um es sich bestätigen zu lassen daß ein derartiges gezwungensein wirklich möglich war einen arzt beizogen der es dann für möglich hielt, taten sie um in die lage zu kommen ein verfahren das draußen schon im rollen war zum stillstand und die ganze sache intern zu einer erledigung zu bringen, einer außerordentlich milden strafe.

die vierte bestrafung bekam ich in einem waggon in salzburg, weil ich nach mißglücktem äpfelstehlen aus einem waggon auf dem nachbargleis mich nicht umsah ob der zum hinterdreinlaufen zu alte hauptmann mir nicht etwa doch folgte; er tat es und hämmerte im bahnhofsabort an die tür bis ich aufgab. drei bestrafungen, schrie der feldwebel im waggon und wartete einen augenblick auf ein wort des hauptmanns; drei bestrafungen, schrie er nochmals, wissen sie was man mit ihnen tun sollte. ich verneinte und bekam es von ihm zu hören.

1944

das folgende gedicht schrieb ich in meinem neunzehnten lebensjahr als soldat für eine feier, die im februar 1944 im reserveoffiziersbewerberlehrgang (ROB-lehrgang), den jeder abiturient absolvieren mußte, an der ausbildungsstätte für artilleristen in znojmo (damals znaim) stattfand. zur feier hatten wir kanoniere unsere offiziere und unteroffiziere geladen. mein vetter herbert humula, der wenig später in rußland sein leben ließ, spielte unter großem applaus beethovens waldsteinsonate. kurz danach rezitierte ich mein gedicht, worauf sich die offiziere wortlos erhoben und, gefolgt von den feldwebeln und den unteroffizieren, den raum verließen. damit war die feier beendet, und keiner der im festsaal zurückgebliebenen machte mir einen vorwurf.

kotverkrustet, ausgemergelt,
wankt in wundenmüdem tritt
graues heer durch graue straßen
und ich wanke mit......

lippen, schmerzensmüd zerbissen,
haar zerrauft und stur der blick,
lumpeneingehüllt, zerrissen –
stumm wanke ich mit......

weiter geht es. endlos, ewig
pulst der gleiche dumpfe schritt
durch die menschen aller zeiten.
doch ich – geh nicht ewig mit.

die garbe

herbert humula gedenkend

wie kam mein vetter herbert denn
der die waldstein-sonate so schön
zu seinem nabelbruch und nicht ich

doch wurden beide repariert
im jahre 43
gleich nach dem abitur

bei mir die mandeln mußten raus
die jeden winter eiterten
wie gut darauf die weiteren

nur daß die chance ich nicht bekam
zum sprung in jene garbe
die unseren herbert zersiebte

in erinnerung an fritz jandl

ihn fünfunddreißig jahre nicht gesehen haben
nie eine zeile an ihn geschrieben haben
nie eine zeile von ihm bekommen haben
nie mit ihm telefoniert
mit sechsundfünfzig zu seinem begräbnis gegangen
er starb im sechzigsten jahr

1946 seinen schwarzen anzug getragen haben
bei seiner rückkehr den anzug ihm übergeben haben
die entlassungskleidung wieder angelegt haben
mit dem unaustilgbaren PW, prisoner of war

früher den vetter nur einmal noch erinnern können
mit vater otto, den brüdern paul und hans
(hans tot in rußland, paul noch lebensmutig)
»zeig wie sie tanzen in amerika«
fritz kannte es aus filmen
die er mit leidenschaft sah

lebensbeschreibung

in erinnerung an dietrich burkhard

er hat talent
hat der professor meiner mutter gesagt.
er hat viel talent
hat meine mutter meinem vater gesagt.
ich habe talent, hat der professor meiner mutter gesagt
habe ich meinem freund gesagt.

mein vater hat ein langes leben gehabt.
mein vater hat fast keine weißen haare mehr gehabt.
meine mutter hat sich die weißen haare
  nicht mehr einzeln ausgerissen.
frauen wollen keine glatze bekommen.
ich habe sehr helle haare gehabt.
mein vater hat fast keine haare mehr gehabt.
mein vater hat so lange zeit gehabt.
ich werde meine bekanntschaft mit ihm
nicht erneuern.

ich habe dietrich geheißen.
ich habe mit fünfzehn jahren einen tango geschrieben.
ich habe den tango meinem professor vorgespielt
und der professor hat gesagt: ich werde
für ihre weitere ausbildung sorgen
und meine mutter hat meinem vater gesagt:
für seine weitere ausbildung ist gesorgt.

ich erhielt 1926 die aufenthaltsbewilligung.
darin stand: 1926 bis ....
19 vorgedruckt, 26 in grüner tinte

bis vier punkte vorgedruckt;
die behörden denken ans dritte jahrtausend.
die behörden denken weit voraus.

ich habe dietrich geheißen.
ich habe talent gehabt für unbrauchbare dinge.
ich erhielt 1926 die aufenthaltsbewilligung.
ich verließ mit neun jahren die volksschule.
ich schrieb mit fünfzehn jahren einen tango.
ich bestand mit siebzehn jahren die reifeprüfung.
seit 1944 schreibe ich in jedes formular
die zahl 18 in die spalte alter...

er hat talent
hat der professor meiner mutter gesagt.
er hat viel talent
hat meine mutter meinem vater gesagt.
er sollte sich zu etwas melden
hat mein vater gesagt.
aber ich habe mich zu nichts gemeldet.

da haben sie mir einen grauen rock verpaßt
und sind zu hause gesessen und haben
    ansichtskarten geschrieben
und ihre nägel jeden tag geschnitten.
für seine ausbildung ist gesorgt
hat der feldwebel meiner mutter gesagt
und einen grashalm aus den lippen genommen;
geben sie das seinem professor und sagen sie ihm:
es kommt nicht aufs talent an. nur auf die weitere ausbildung.

ich habe dietrich geheißen.
von 1926 bis 1944.

jetzt heiße ich nicht mehr.
ich werde von tag zu tag weniger
und die riesigen todesschlepper
die seit einiger zeit
wieder über die erde zittern
beschleunigen den prozeß
meiner weiteren ausbildung.

bauernfamilie im elsaß
unsre söhne sind schon hinüber
nehmt die erste gelegenheit wahr
dann ist der krieg vorüber

wir versprachen nichts anderes zu tun
schüttelten bauernhände
hoben unsere hände zur rechten zeit
und der krieg war zu ende

das erwachen im käfig

auf botengängen
zwischen lazarettbaracken
sah er zum erstenmal frauen so an
wie der mann frauen ansieht.
aber er sagte nicht: ich, mann.

so aber sah er sie an: wie einer
der im käfig aufwacht.
aber er sagte nicht: ich, mann.

so aber sah er sie an: wie einer
dem keiner den käfig aufmacht.

aber er sah sie auch so an: wie einer
der im käfig nicht allein ist.
er hatt' nämlich kameraden.

die peitschten ihm feuer in die wangen –
die peitschten ihm wasser aus der stirn –
die peitschten bis das feuer das wasser fraß –
die rieben dabei vergnügt
die hände.

sie blieben wach bis er schlief.
sie standen um sein bett. sie hörten zu.
da wuchs ihm das herz durch den mund.
da rieben die kameraden vergnügt
die hände.

blick nach vorn im zorn

ich blicke zurück nach vorn
ich blicke zurück
ich blicke nach vorn
ich blicke zurück nach
ich blicke vorn zurück
ich blicke nach vorn zurück
ich blicke nach
ich blicke vorn
ich blicke
zurück nach vorn
zurück
nach vorn
zurück nach
vorn zurück
nach vorn zurück
nach
vorn

ich
ich
ich
ich
ich
ich
ich
ich
ich
    blicke zurück nach vorn
    blicke zurück
    blicke nach vorn

blicke zurück nach
blicke vorn zurück
blicke nach vorn zurück
blicke nach
blicke vorn
blicke
blicke
blicke
blicke
blicke
blicke
blicke
blicke
blicke
blicke
ich   zurück nach vorn
ich   zurück
ich   nach vorn
ich   zurück nach
ich   vorn zurück
ich   nach vorn zurück
ich   nach
ich   vorn
ich
ich blicke
ich blicke
ich blicke
ich blicke
ich blicke
ich blicke
ich blicke
ich blicke
ich blicke

mit jedem schritt

mit jedem schritt ich stürze
von tölpelheit zu tölpelheit
tät heut noch mutter brauchen
die mich mit warmer großer hand
bewahrt vor jedem straucheln
ach könnt ich doch
dran glauben noch
was sie so fest
mir eingeritzt
wir würden uns begegnen
und gegenseitig segnen

my own song

ich will nicht sein
so wie ihr mich wollt
ich will nicht ihr sein
so wie ihr mich wollt
ich will nicht sein wie ihr
so wie ihr mich wollt
ich will nicht sein wie ihr seid
so wie ihr mich wollt
ich will nicht sein wie ihr sein wollt
so wie ihr mich wollt

nicht wie ihr mich wollt
wie ich sein will will ich sein
nicht wie ihr mich wollt
wie ich bin will ich sein
nicht wie ihr mich wollt
wie *ich* will ich sein
nicht wie ihr mich wollt
ich will *ich* sein
nicht wie ihr mich wollt will ich sein
ich will *sein*.

wo bleibb da
hummoooa
wo bleibb da
hummmoooooa
wo bleibb darrr
hummmmmooooooooa
darrr kööönich vonn
hummmmmmmmooooooooooooooooa
rrrrr

die tassen

bette stellen sie die tassen auf den tesch
perdon
stellen sie die tassen auf den tesch
perdon
die tassen auf den tesch
perdon
auf den tesch
perdon

nöhmen
nöhmen
nöhmen sö söch
nöhmen sö söch eune
nöhmen sö söch eune tass
eune tass
donke
donke

eun stöck zöcker
zweu stöck zöcker
dreu stöck zöcker
donke
zörka zweu stöck
zöcker

follen
follen
hünuntergefollen
auf dön töppüch
neun
nur dör hönker üst wög
pördon
bötte bötte

zeichen

zerbrochen sind die harmonischen krüge,
die teller mit dem griechengesicht,
die vergoldeten köpfe der klassiker –

aber der ton und das wasser drehen sich weiter
in den hütten der töpfer.

viele wege

viele wege kreuzen sich in mir
und ich gehe immer
mehrere straßen zugleich.
ich bin arm.
aber es kommt mir vor:
dann wäre ich reich
wenn unter diesen wegen einer
ein ausweg wäre.

viele wege kreuzen sich in mir
und ich gehe immer
mehrere straßen zugleich.
ich bin arm.
aber es kommt mir vor:
dann wäre ich ärmer
wenn unter diesen wegen einer
ein ausweg wäre.

... er habe immer etwas zu sagen gehabt, und er habe immer gewußt, daß man es so und so und so sagen könne; und so habe er sich nie darum mühen müssen, etwas zu sagen, wohl aber um die art und weise dieses sagens. denn in dem, was man zu sagen hat, gibt es keine alternative; aber für die art und weise, es zu sagen, gibt es eine unbestimmte zahl von möglichkeiten. es gibt dichter, die alles mögliche sagen, und dies immer auf die gleiche weise. solches zu tun habe ihn nie gereizt; denn zu sagen gebe es schließlich nur eines; dieses aber immer wieder, und auf immer neue weise.

inhalt

um ein gedicht zu machen
habe ich nichts

eine ganze sprache
ein ganzes leben
ein ganzes denken
ein ganzes erinnern

um ein gedicht zu machen
habe ich nichts

von wörtern

erwarte
von wörtern nichts
sie tun es nicht
für dich
sie kommen
gierig
überschwemmen dich
und dein papier
nicht was sie dir
antun
doch was du dem geringsten
von ihnen
angetan
kann
etwas sein

vom gehen, messen und greifen

gehst du tiefen suchen,
such in dir selbst.
du kannst getrost atmen,
solang das lot fällt.

miß dich nicht an bäumen.
die sind zu groß und frei.
lieber miß dich am käfer,
den du tratst zu brei.

greif nur nach oben.
du stößt nicht an.
aber laß den fuß dort
wo er stehen kann.

vermessen

von den füßen abwärts –
von den füßen aufwärts – ein mensch
von den knien abwärts – ein mensch
von den knien aufwärts – ein mensch
von den hüften abwärts – ein mensch
von den hüften aufwärts – ein mensch
von den schultern abwärts – ein mensch
von den schultern aufwärts – ein mensch
vom scheitel abwärts – ein mensch
vom scheitel aufwärts –

am morgen

geweckt, erleuchtet, und gewogen
von seinen füßen, unternimmt
er eine wanderung zur stelle
die seinen tageslauf bestimmt.

voll ingrimm wirft nach ihm die sonne
schneebälle aus versengtem gras
mit regendraht umwickelt.

nach klepperhaut und winterpelz
legt er die sonnenbrille ab
wie einen degen

und steht dann stolz wie aktenschrank
mit fachkenntnissen eingeräumt
von nachtfährnissen freigeträumt
im arbeitsraum.

das reck

aufschwung aufs reck des besseren ich.
man hält es nicht lang oben aus.
die arme sind zu schwach.
auch lockt das grasige flußufer.

dort kichern im gehen die schuhe.
dort sitzt es sich gut.
dort zieht der fluß; so zieht alles.
auch zum reck zieht es wieder zurück.

ein ichmich

ein ichmich
kann etwas gutes sein
ein ichmich
kann etwas schlechtes sein
ein dumich
kann auch etwas gutes sein
ein dumich
kann auch etwas schlechtes sein
ein dumich
kann ohne mein zutun sein
auch ein ichmich
kann mich plötzlich überfallen

warum macht man heute mit sich mit
wenn man sich an sich und nicht an heute stößt?
zieh dich aus der haut die dich nicht dich sein läßt
denn in viele häute ist ein mensch gepreßt
doch nicht jeder schält sich wie er kann
eh er seine letzte haut verläßt

erst habe ich mich umgebracht.
dann bin ich wieder aufgewacht.

dann habe ich mich umgebracht.
dann bin ich wieder aufgewacht.

dann habe ich mich umgebracht.
dann bin ich wieder aufgewacht.

dann habe ich mich umgebracht.
dann bin ich wieder aufgewacht.

dann habe ich mich umgebracht.

sie gruben nach dem sarg
der eine leiche barg
die einmal einer war
der unvergleichlich war

sie hätten gern gefragt
den mann der der einst war
dazu war es zu spät
wie rasch die zeit vergeht

urteil

die gedichte dieses mannes sind unbrauchbar.

zunächst
rieb ich eines in meine glatze.
vergeblich. es förderte nicht meinen haarwuchs.

daraufhin
betupfte ich mit einem meine pickel. diese
erreichten binnen zwei tagen die größe mittlerer kartoffeln.
die ärzte staunten.

daraufhin
schlug ich zwei in die pfanne.
etwas mißtrauisch, aß ich nicht selber.
daran starb mein hund.

daraufhin
benützte ich eines als schutzmittel.
dafür zahlte ich die abtreibung.

daraufhin
klemmte ich eines ins auge
und betrat einen besseren klub.
der portier
stellte mir ein bein, daß ich hinschlug.

daraufhin
fällte ich obiges urteil.

i love concrete

i love pottery

but i’m not

a concrete pot

verwandte

der vater der wiener gruppe ist h. c. artmann
die mutter der wiener gruppe ist gerhard rühm
die kinder der wiener gruppe sind zahllos
ich bin der onkel

szenen aus dem wirklichen leben
musik: ernst kölz

f = frau
m1 = erster mann
m2 = zweiter mann
chor

1. *erster anfang : hörprobe* (zum publikum)

m1 ——— f ——— m2

m1 : höherhören
m2 : höherhören
m1,m2,f : höherhören
m1 : höherhören
m2 : höherhören
m1,m2,f : höherhören
m1 : höherhören
m2 : höherhören
m1,m2,f : höherhören
höherhören

m1 : kennen sie mich herren
m2 : kennen sie mich herren
f : kennen sie mich herren
m1,m2,f : meine damen und herren

(blackout)

2. *intermezzo für schwerhörige* (musik)

3. *zweiter anfang*

f
:
m1 ——————:—————— m2
:
f

m1 (zu m2) : lauter
m2 (zu m1) : lauter!
m1 (zu m2) : lauter!!
m2 (zu m1) : lauter!!!
m1 (zu m2) : lauter!!!!
f (tritt vor, zum publikum)
: lauter leise leute

(blackout)

4. *aufforderung und ablehnung*

m1 —————————— f (separat angestrahlt)

m1 : kommen sie mit mühe
kommen sie mit mühe
kommen sie mit mühe
f (während das licht auf sie stärker wird)
: viel leucht
m1 : kommen sie mit mühe
kommen sie mit mühe
kommen sie mit mühe
f (während das licht auf sie schwächer wird …)
: acht neun
(… allmählich verlöscht und wieder aufleuchtet)
m1 : kommen sie mit mühe
kommen sie mit mühe

f (während das licht auf sie stärker wird)
: fffffffleucht
m1 : kommen sie mit mühe
kommen sie mit mühe
f (während das licht auf sie schwächer wird . . .)
: c - - - - hneun
(. . . allmählich verlöscht und wieder aufleuchtet)
m1 : kommen sie mit mühe
f (während das licht auf sie stärker wird)
: LEUCHT
m1 : kommen sie mit mühe
f (während das licht auf sie verlöscht)
: NEUN

5. *einsamkeit*

______m1____________

m1 : c----------h
c----------h
ic----------h
ic----------h
dic----------h
dic----------h
c-----hdic----------h
c-----hdic----------h
ic-----------h
ic-----------h
c------------------h

6. *eulen*

m1____________f

f : bist eulen?
m1 : ja

bin eulen
ja ja
sehr eulen
–
bist auch eulen?
f : ja
bin auch eulen
sehr eulen
ja ja
–
will aber nicht mehr eulen sein
bin schon zu lang eulen gewesen
m1 : will auch nicht mehr eulen sein
bin auch schon zu lang eulen gewesen
f : ja
m1 : mit dir da
f : mit dir da auch
m1 : bin nicht mehr eulen ja
f : bin nicht mehr eulen auch
m1 : ja ja
f : ja ja auch

m1 : doch wer einmal eulen war
der wird eulen bleiben immer
ja
f : ja ja
(während m1, f sich einander nähern, schließlich einander bei der hand nehmen, wie zum eheversprechen, zuletzt m2 von hinten feierlich hinzutritt, feierlich seine rechte über die beiden vereinigten rechten hände legt)
m1 : nein
f : nein
m1 : nein

f : nein
m1 : nein
f : nein
m1 : nein

7. *der bund*

m2
m1 – f

m2 : eine
rechte
hand
–
in einer
rechten
hand
m1,f : da gehören zwei dazu
m2 : zwei
m1 : rechte
f : hände
m2 : und an der
f : einen
m1 : ich
m2 : und an der
m1 : andern
f : du
m1,f : da gehören zwei dazu
m2 : ein
m1 : ich
f : und
m2 : ein
f : du

8. *das schwören*

m2 (zu m1) : schwör
m1 (zu f) : schwör
f (zu m1) : schwör
m2 (zu f) : schwör
(zu m1) : schwör
m1 (zu f)
f (zu m1) : schwör
m2 (zu beiden)
m1 (zu f) : schwör
f (zu m1)

f : beschwörde
m1 : beschwörde
m2 : beschwörde
beschwörde
m1,m2,f : BESCHWÖRDE

9. *der bund (fortgesetzt)*

m2 : eine
rechte
hand
–
in einer
rechten
hand
m1,f : da gehören zwei dazu
f : zwei
m1,f : rechte
m1,m2,f : hände
m2 : zwei recht

f : feste
m1,m2,f : hände
m2 : zwei recht
f : feste
m1 : feuchte
m1,m2,f : hände

m2 (innig) : feucht euch des klebens
m1,f (heftig) : feucht euch des klebens
m1,m2,f (zum publikum, demonstrativ)
: FEUCHT EUCH DES KLEBENS

(blackout)

10. *chor*

aber bald ist alles ganz anders
aber bald ist alles wieder beim alten
aber bald ist alles wieder beim alten ganz anders
aber bald ist alles ganz anders wieder beim alten

11. *die freiheit (konzeption)*

m1__.__.__.__f__.__.__.__m2

(f abwechselnd nach m1 und m2 blickend, m1,m2 abwechselnd näherrückend)

f : e mann
e mann
e mann
e mann
e mann

E MAN ZI PA ZIOOOO ON

12. *die freiheit (realisiert)*

m1 - f - m2

f : in die effnung
vier dein glied ein
glicklich zu sein

(immer rascher)

m1 : glick
m2 : glick
m1 : glick
m2 : glick
m1 : glick
m2 : glick
m1 : glick
m2 : glick
m1 : glick
m2 : glick
m1 : glick
m2 : glick
m1 : glick

13. *angst vor folgen* und: *ausweg nach goethe*

f (nasal) : aaaaaaaaaaaaaaaaaaaaaaaaaaaaaaaa
gst
aaaaaaaaaaaaaaaaaaaaaaaaaaaaaaaa
gst
aaaaaaaaaaaaaaaaaaaaaaaaaaaaaaaa
gst
aaaaaaaaaaaaaaaaaaaaaaaaaaaaaaaa
m1 : üüüüüüüüüüüüüüüüüüüüüüüüüüüüüüüü
m2 : ber allen gipfeln ist ruuu
üüüüü

m1 : ber allen gipfeln ist ruuu uuu
üüüüü
m2 : ber allen gipfeln ist in ruuu uuu
üüüüü
m1 : ber allen gipfeln ist in der ruuu uuu
üüüüü
m2 : ber allen gipfeln ist in der ruuu duuu
üüüüü
m1 : ber allen gipfeln ist INTERRUUU PTUUU
m1,m2,f : sssssssssssssssss
sssssssssssssssss
sssssssssssssssss
(explosiv) pfff

(blackout)

14. *intermezzo : kurzer marsch*

15. *die freuden*

f_m1

f : HABEMUS PAPAM
m1 : HABEMUS MAMAM
f, m1 : HABEMUS BUBIM
m2 (auf dem boden auf f zu heranrutschend)
m2 : MAMA MAMA MAMA
–
ÜCH
WÜLL
SPÜLEN
–
f : SPÜL DÜCH
MEUN KÜND

(blackout)

15 a (ad lib.) *WERBETEXT*

m1,m2,f

m1 (zu m2) : deinl kaffeel
f : seinl kaffeel
m1,f : schmecktl nichtl

m1,m2 : unserl
f : euerl
m1,m2 (zum publikum, auf f zeigend)
: ihrl kaffeel
m2 : schmecktl nichtl

m1 : esl
f : schmecktl
m2 : nurl

m1,m2,f : MEINL KAFFEEL (blackout)

16. *chor*

ruhiger werden
ruhiger werden
ruhiger und ruhiger werden und werden
aaaaab-
klingen
aaaaab-
klingen
aaaaab-

17. *tohuwabohu*

f__________m1 (sitzend, mit dem rücken zu f)

f : hu

–

m1 : bo

–

f : hu

–

m1 : bo

–

f : hhu

–

m1 : bo

–

f : otto

–

m1 : bo

–

f : ottto

–

m1 : bo

–

f : ohoo

–

m1 : bo

–

f : o

chor : ruhiger werden und werden

(f ab; m2 mit hut tritt auf, auf m1 zu, beide zueinander)

m2 : babba
m1 : babba
m2 : toobaba
m1 : toobaba
m2 : tohuubaba
m1 : tohuubaba
m2 : tohuwaababa
m1 : tohuwaababa
m2 : tohuwaboobaba
m1 : tohuwaboobaba
m2 : tohuwabohuubaba
m1 : tohuwabohuubaba
m2 : tohuwaboobaba
m1 : tohuwaababa
m2 : tohuubaba
m1 : toobaba
m2 : babba

chor : aaaaab-
klingen
aaaaab-
m2 : oooha
oooha
oooha
–
m1 : uhu
–
m2 : oho
chor : ruhiger und ruhiger werden und werden
(knall)

m2 : tot
m1 : tut

m2 : tat
m1 : tot
m2 : tu
–
m1 : totuuutatotu
m2 : totutaaatotu
m1 : totutatoootu
(knall)
m2 : toootutatotu

(m1 hingestreckt auf dem boden)

m2 : tut tut
–
tut tut
–
m1 (liegt) : tut tut
–
m2 : tut tot
–
(zieht hut) hut ab
–
(zieht hut) hut ab
–
(zieht hut) hut ab
–

von hinten erscheint f, mit blutüberströmter vorderseite

m2 : o
oo
ooo
oooo

ooooo

a watta
a watta
a watta
(blackout)

17a (ad lib.) *moritat*

m2 : die der das taten waren
der die das taten war
der die das tun sah war
das die der taten war

die der das taten waren
der die das taten war
der die das tun sah war
das die der taten war

die der das taten waren
der die das taten war
der die das tun sah war
das die der taten war

die der das taten waren
der die das taten war
der die das tun sah war
das die der taten war

die der das taten waren
der die das taten war
der die das tun sah war
das die der taten war

die der das taten waren
der die das taten war
der die das tun sah war
das die der taten war

die der das taten waren
der die das taten war
der die das tun sah war
das die der taten war

die der das taten waren
der die das taten war
der die das tun sah war
das die der taten war

die der das taten waren
der die das taten war
der die das tun sah war
das die der taten war

die der das taten waren
der die das taten war
der die das tun sah war
das die der taten war

die der das taten waren
der die das taten war
der die das tun sah war
das die der taten war

die der das taten waren
der die das taten war
der die das tun sah war
das die der taten war

18. *chor*

aber bald ist alles ganz anders
aber bald ist alles wieder beim alten
aber bald ist alles wieder beim alten ganz anders
aber bald ist alles ganz anders wieder beim alten

19. *(und sie waren einander eine stütze)*
m1-f

m1 : loch
loch doch
so loch doch
so loch doch schon
so loch doch
loch doch

f : üch loch müch kronk

20: *erster schluß : sonett*
m1, m2, f

m1 : so nett
m2 : so nett
f : so nett
m1,m2,f : SO NETT

f : so nett
m2 : so nett
f : so nett
m1,m2,f : SO NETT

m2 : so nett

m1 : so nett
m1,m2,f : SO NETT

m1 : so nett
m1,f : so nett
m1,m2,f : SO NETT

21. *zweiter schluß (tanz, auf der stelle)*

m1,m2,f : minz den gaawn
bill den baud
minz den gaawn
bill den baud
f : kittl koo
kittl koo
m1,m2,f : minz den gaawn
gnaz den eschn
ruttl znop

22. *dritter schluß : ende*

m1,m2,f : sssssssssssssssssssssssssssssssssss-
sso!

(finisH)

selbstporträt 1966

heute 1966 einen jungen
englisch wie alt bis du 2000 gefragt.
antwort englisch 46

1

ich wurde in wien 1925 geboren. folglich verbrachte ich den größeren teil von NS-ära und krieg als gymnasiast, was einem unterschlupf gleichkam, bei gleichgesinnten zu denen das glück mich verschlagen hatte – wir waren, an dieser schule, in meiner klasse, die mehrheit gegen hitler/krieg/sieg – und geriet erst 43, nach dem abitur, zum militär, und anfang 45 in amerikanische gefangenschaft, was eine befreiung war. 10 monate england, zwar hinter stacheldraht, gaben mir eine ahnung von diesem land, und genug von seiner sprache, meinen beruf zu bestimmen. märz 46 nach wien zurück, studierte ich, ohne umwege, unter der masse zurückgekehrter, deutsch und englisch. 49, nach der lehramtsprüfung für höhere schulen, der das doktorat, 50, folgte, begann ich zu unterrichten. diese arbeit in wien wurde zweimal auf je ein jahr unterbrochen: 52/53 war ich als deutschlehrer in england, 64/65 nahm ich urlaub, übersetzte robert creeley's roman »the island« und fuhr nach england, um meine eigenen lyrischen experimente dort zu erproben.

2

daß ich schreiben würde, stand für mich fest als ich noch auf dem gymnasium war, ebenso der lehrberuf. beides schien zusammenzupassen, auch noch auf der universität. die arbeit am gedicht, wozu mich als kind das vorbild meiner gedichte schreibenden mutter reizte, ehe sie starb als ich 14 war, blieb für die zeit nach der berufsausbildung vorgesehen, ohne koppelung mit einer »poetischen existenz«. heute ebenso erscheint eine solche für mich romantischer unfug. aber das nebeneinander beider tätigkeiten lief kaum je glatt, und zwischen beiden wurde manches zerrieben das andernfalls zum leben gehörte.

3

ab 1952 erschienen meine gedichte in zeitschriften, 56 in einem buch, »Andere Augen«. 55 erfolgte, parallel zu privaten umwälzungen, die zuspitzung zu groteske und experiment. neue freunde, friederike mayröcker, artmann, rühm, regten an, stramm arp schwitters gertrude stein wurden angewandt, die möglichkeit zur publikation endete. 63 sammelte ich meine manuskripte und fuhr damit nach deutschland. in stuttgart traf ich reinhard döhl. er akzeptierte meine experimentellen gedichte und half mir, die isolation zu durchbrechen, in die ich geraten war.

4

ziel meiner arbeit, heute wie früher, sind funktionierende, lebendige, wirksame, direkte gedichte, gesteuert, von welchem material immer sie ausgehen und in welcher form immer sie hervortreten, von dem was in mir ist an richtung und neigung, an freude und zorn. was ich will sind gedichte die nicht kalt lassen.

vormittage

am vierstöckigen turm einer mittleren schule
geht ein vormittag vorbei wie zwei
unter einem regenschirm, die sich plötzlich
immer schon vertragen haben.

es kann aber nicht unaufhörlich regnen. (außerdem
kommt noch der nachmittag.)

der andere vormittag geht nicht vorbei,
sondern legt leitern an die fenster nach osten,
klettert die leitern hinauf, steigt durch die fenster ein
(ich bin ambassadeur – ich bin monteur)
und montiert eine scheibe sonnenschein
an jeder bank
und dreht langsam das fensterkreuz
von westen nach norden.

(wenn dann der mittag aus der suppe raucht,
ist es fast schon abend.)

halsschmerzen

salzwasser gurgelnd, zu lindern
halsschmerzen im märz,
den kopf nach hinten, betrachte ich
bretter von unten, auf denen gerümpel
jahrelang überwintert.

zehn jahre nach hinten
war ich in anderen
badezimmern beschäftigt;
den kopf nach hinten,
schaute ich hinauf;
den kopf vornüber,
spuckte ich nach unten.

von den brettern des heutigen
hängt staub
plötzlich bis in meinen mund.
den kopf vornüber,
spucke ich nach unten.

jandls frisur

von jedem haar das jetzt
kurz steht auf meinem kopf
wieviele meter haben
geschnitten nach und nach
die ungezählten friseure

hans mayer zum 70. geburtstag

vortrag

für k. p. herbach

falls unter ihnen
solche sind
die aus irgendeinem grund
programme sammeln
und die daher auch
das programm des
arbeitskreises berliner jungbuchhändler
in ihre sammlung aufnehmen
oder falls unter ihnen
solche sind
die nur das programm des
arbeitskreises berliner jungbuchhändler
sammeln
möchte ich diese bitten
im programm des
arbeitskreises berliner jungbuchhändler
(spreche ich für jemanden zu rasch?)
für november 1970
in dem abschnitt der den heutigen abend betrifft
die folgende korrektur
vorzunehmen:
streichen sie bitte
in der vierten zeile dieses abschnitts
das letzte wort
also das wort grüne
und schreiben sie darunter
das wort künstliche;
wenn sie das getan haben
dann streichen sie bitte

in der ersten zeile dieses abschnitts
das letzte wort
also das wort VOR
samt dem nachfolgenden trennungsstrich
weiters das erste wort der vierten zeile
also das wort WEISE
und dann die ganze zweite und dritte zeile;
wenn sie das getan haben
dann numerieren sie bitte
auf ihrem programm
von links nach rechts
mit den zahlen eins bis vier
die köpfe der abgebildeten männer;
danach nehmen sie bitte
einen briefumschlag
und schreiben darauf
meinen namen
und die adresse des
D A A D
berlin 15, kurfürstendamm 14/15;
danach nehmen sie bitte
einen zettel
und schreiben darauf
ein m oder f
je nachdem ob sie mann oder frau sind
und die nummer desjenigen
auf dem programm abgebildeten mannes
dessen alter dem aussehen nach
meinem alter dem aussehen nach
am nächsten kommt;
danach stecken sie bitte den zettel in den umschlag
und geben den brief in der üblichen weise auf;
aber vergessen sie bitte nicht

daß alle vier männer
hüte tragen
und drei von ihnen einen schnurrbart;
wenn sie das getan haben
setzen sie bitte
in den programmabschnitt
der den heutigen tag betrifft
nach dem doppelpunkt nach dem wort ›über‹
den folgenden titel ein:
TITELKORREKTUR, ALTERS-TEST UND ANREGUNG
ZUM SAMMELN
ich hoffe daß für diejenigen die mitmachen wollen aber kein
programmblatt haben noch einige programme vorrätig sind;
wenn sie wollen
können wir jetzt eine kurze pause machen
oder mit der diskussion beginnen

16. dezember 1973

drei stunden zu viert
literaturförderung diskutiert
am abend dieses 16. dezember,
des einzigen je;
eines tages der ölkrise,
die die kohleförderung aktualisiert.
auf dem heimweg der schnee
hat mich berührt
durch die undichten schuhe.

lesung saarbrücken, 15. juli 1988

o wie glücklich ihr mich macht
eine stunde hat der tag
eine stunde hat die nacht
diese eine stunde hier
da ich mich verbunden spür
euch, vor denen ich berichte
was ich weiß, was ich weiß
was ich weiß, sind die gedichte
die ich schrieb, für euch, o freunde
meine liebliche gemeinde.

visiting associate professor

in einen eisigen traum hinein erwachen
mit einem riesigen weißen steifen schwanz
als capitol von austin gegen den nachthimmel von texas
dann zwischen riesigen schwarzen schenkeln aufwärts
    zur schnabelfut
aus dem brennenden wachen heraus sich einträumen

war einst weg und bin jetzt hier

war ich weg von wien, fahr ich nach wien, komm nach wien, sag um zehn. bin um zehn in wien. wird elf. wird zwölf, wird eins. so ist die uhr. bin in wien, wird zwei, wird drei, wird vier. wird dann fünf, wird dann sechs, wird dann sieben, wird dann acht. so ist die uhr, wenn sie geht. dann neun, dann zehn. bin in wien, dann elf zwölf eins zwei drei vier fünf sechs sieben acht neun. hab schlaf.

bin in wien im bett. mein bett ist in wien. das bett ist kalt, wird warm, ich schlaf. schlaf tief, gut. schlaf nicht tief, schlecht. schlaf schlecht. bin in wien.

war weg von wien, ein jahr, bin nach dem jahr in wien. war weg von wien zwei jahr, bin nach zwei jahr in wien. war hier, war weg, bin hier. bin hier in wien.

schlaf ein, schlaf aus, raus aus dem bett, wasch, wisch wasch, bart, bart ab, wisch wisch. nackt, nicht nackt, kleid. schuh und schuh. geh.

geh in wien, geh hin, geh her. hin her. hin her. hin und. her und. seh.

seh ein haus. und ein haus. und ein haus. haus und haus und haus. haus haus haus haus. haushaushaushaushaus. haus in wien. und ein haus in wien. haus und haus und haus in wien. haus in wien haus in wien haus in wien haus in wien. haushaushaushausinwien.

mensch. mensch und mensch. mensch mann, mensch frau, mensch kind. mensch hund. hund wau. ich schau. hund wau wau wau. ich lauf. hund lauft nicht nach. hund lacht. ich schäm mich.

was ich weiß, von einst (vor ein jahr, vor zwei jahr): noch. da noch. da noch und noch. noch und noch wien. wien eine stadt war. wien noch eine stadt. wien jetzt noch eine stadt.

wien vor zwei jahr eine stadt war. wien noch eine stadt ist, jetzt.

einst, ich klein. jetzt: nicht ganz klein. einst ich ganz klein. ganz klein in wien. kind in wien. einst ich kind in wien. ich sinn, nicht sing, ich sinn. nicht: ich sing. ich sing nicht. ich sinn. ich hab sinn. wien hat sinn. wien hier hat sinn. auch staub.

stadt wien hier hat sinn. ich weiß wie wien war. wer weiß wie wien war. stadt wien. wien statt wien. stadt wien statt stadt wien. wer weiß wie wien war. ich weiß.

wie wien ist? ich weiß wie wien ist. wer weiß wie wien ist. ich lach. wer weiß wie wien ist. wer weiß wie stadt wien statt stadt wien stadt wien ist. lach mit mir. ich lach mit.

der park. war das der park? das war der park. was der park einst war, das ist jetzt der park. jetzt ist das was war. vor zwei jahr war das was jetzt ist. jetzt ist der park der park. der park ist in wien. der schwan im park ist der schwan im park der stadt wien. war der schwan der schwan der er ist? wer weiß.

wien war schön, wien ist schön, ich kann es sehn. ich seh es. mein aug und mein aug sieht es. wien war schön und ist schön. viel ist zu sehn in wien. viel in wien ist zu sehn.

was nicht zu sehn ist, ist nicht zu sehn.

was nicht zu sehn war und jetzt zu sehn ist, das ist neu. viel ist neu. viel ist alt. mehr ist alt als neu. schön alt und schön neu, ich bleib dir treu, du stadt wien.

was zu sehn war und jetzt nicht zu sehn ist, ist weg. weg ist weg. geh weg. ich geh schon weg. ich geh eh weg. ich bin schon weg.

noch bin ich in wien. der mensch der zu sehn war und jetzt nicht zu sehn ist, nicht mehr zu sehn ist, nie mehr zu sehn ist, ist tot. der ist jetzt tot. der und die ist tot. der ist im grab. die ist im grab. ich geh hin, ich geh zum grab hin. ich steh beim grab. ich seh es: das grab. ich seh ihn nicht. ich seh sie nicht. sie sind im grab. er und sie sind im grab. mein gram ist in mir sehr groß.

hier war ich ein kind. wie schnell das geht. das kind ist weg, ganz weg. ich bin hier, ganz hier. ganz in wien, ganz in der stadt wien. einst bin ich nicht mehr hier. dann bin ich im grab, wie der und der und der und die und die und die. es drückt auf mein herz.

der turm. der turm ist hoch, steil, spitz. du turm. ich seh ihn von weit. du bist schön, du turm. du bist alt. du bist sehr alt. der mensch geht hin, der turm bleibt da. der mensch macht den turm fest. dann ist der mensch weg. der mensch ist im grab. der turm bleibt da. ich seh den turm, und von weit. wo ist gott?

für gott ist ein haus. ich geh in ein haus für gott. hier war ich ein kind. ich war ein kind mit gott. jetzt bin ich hier ein mann. wo ist hier gott. er soll im mann sein. er soll in der frau sein. er sei im mann, hieß es einst. er sei in der frau, hieß es einst. er sei im kind, hieß es einst. wo ist er jetzt, heißt es jetzt. es heißt auch, er ist nicht da. er ist nie da. er ist nicht hier, nicht da, nicht dort. er ist fort. er ist ganz fort. gott ist tot, heißt es jetzt. sein haus ist da. ich geh in sein haus. ich seh ihn nicht. ich denk mich als ein kind. hier als ein kind. das bin nicht ich. wo bin ich, wo bin ich das kind. ist das ein spiel?

der tisch. das ist mein tisch. mit hand und hand spür ich den tisch. du bist brav, mein tisch. du beißt mich nicht. hier schreib ich. hier schrieb ich, hier schreib ich. ich schreib, was ich schreib, weil ich schreib, was ich schreib. ich schreib weil ich schreib was ich schreib. ich ball die faust. ich hau auf den tisch. mein tisch! der tisch schreit nicht, der tisch sagt nicht au weh!

dann das licht. ich dreh das licht auf – hell. ich dreh das licht ab – schwarz. das ist die nacht. ich dreh das licht auf: viel ist da, viel kram ist da. ich bin da. ich dreh das licht ab: ich seh nichts. viel ist da, und ich seh nichts. auch ich bin da, und ich seh mich nicht. das ist die nacht. das ist die nacht in der stadt wien.

ich bin wach. das herz klopft. herein! das herz kommt herein. es hat ein glas in der hand. ein glas mit wein. prost, sagt das herz. ich trink, und das herz trinkt. ich trink wein, und das herz trinkt blut. das herz trinkt mein blut.

mein schatz. ich war weg, lang war die zeit, wo ist mein schatz. schatz, ruf ich, schatz! nichts rührt sich. ich geh und such dich, ruf ich, ich geh und such dich. doch was ist mein schatz? weiß ich es? weiß ich es noch. die stadt ist jetzt ganz weiß.

es fällt mir ein: mein schatz war klein, aus glas, zum teil rund, nicht ganz glatt, blau, mit glanz. er war von mir, als ich klein war. wo wird er sein, jetzt?

noch ein schatz fällt mir ein: er war nicht so klein, er war weiß, er war aus stoff, er war rauh, ich nahm ihn ins bett, als ich klein war. nein, ich schlief nicht ohne ihn. wo wird er sein, jetzt.

noch ein schatz fällt mir ein: er war aus holz, flach, er war grün, er stand wie ein zaun, er war klein. da war auch die kuh, da war ein pferd, da war ein lamm. wo wird er sein, jetzt?

noch ein schatz fällt mir ein: er war klein, er war aus wachs, er lag auf stroh, er war wie ein kind, jahr für jahr kam er zu mir, als ich klein war. wo wird er sein, jetzt?

nimm dir ein herz, schlüpf in die schuh, nimm den stab, setz dich in trab, klopf klopf. geh von haus zu haus, frag.

nein, ich tu es nicht. schad. ich tu es nicht, es ist dumm. du bist dumm, das ist schad. wer spricht da mit mir? ich bin es nicht. ich sprech nicht mit mir selbst. wer spricht da mit mir? wien nicht. wien ist stumm.

ich geh jeden weg, den ich kenn. das da ist wien, und das da ist wien, und das da ist wien. tag wird nacht wird tag wird nacht wird tag wird. der wirt gähnt. der lärm ist sehr groß. der lärm in der stadt ist sehr groß. der lärm in der stadt ist groß und stumm. der lärm hat kein wort für mich. ganz wien ist ein lärm und hat kein wort für mich. so sieht man mich nicht. so hört man mich nicht. so kennt man mich nicht. denn es gibt kein wort für mich.

so zieh ich durch die stadt wien. ich geh durch stein durch, ich geh durch holz durch, ich geh durch stahl durch. durch den mann geh ich durch, durch die frau geh ich durch, durch ein kind geh ich durch. ich geh durch und durch, und nichts spürt es, nichts spürt mich. es gibt mich nicht.

das schloß. es hat das dach grün, die wand gelb. sein dach ist grün, sonst ist das schloß gelb. das schloß von wien. das schloß und das schloß und das schloß von wien. in wien ist ein schloß und vor dem schloß ist ein hund, und der hund weint. ich bin der hund. er ist alt. er war da als ich klein war, und er ist jetzt da, und er weint. ein mann weint nicht. ich bin nicht der hund.

ist es mein schloß? es ist nicht mein schloß, denn ich bin zu schmal. ich nehm nicht brot und schmalz, und so bin ich nicht so fett wie ein herr für das schloß. nein, ich bin kein herr für das schloß.

in wien ist ein schloß und vor dem schloß sitzt die sphinx. sie singt ihr kind in schlaf. ihr kind ist ein spatz und piepst. hab mich lieb, hab mich lieb, piepst der spatz der das kind der sphinx ist. da kommt der graf und gibt ihm gift. die sphinx zischt ganz wild, doch ihr kind seufzt auf und stirbt. der graf geht ab; sein schritt knirscht im kies. der graf geht tief ins schloß, und die sphinx wird stein.

auch das kann nicht mein schloß sein. ich bin kein spatz und auch noch nicht tot, und ich bin nicht die sphinx und sing nicht und hab kein kind und bin dann auch nicht aus stein, und ich bin nicht der graf, mein schritt knirscht nicht, und mein gift, wenn ich es erst hab, ist nur für mich, denn ich spring nicht so tief, und ich treff mich nicht in kopf, und ich find auch den strick nicht. nein, ein graf bin ich nicht. doch in wien ein graf sein ist gut.

in wien ist ein schloß und vor dem schloß steh jetzt ich. ich schau auf das dach und seh, es ist grün; ich schau auf die wand und seh, sie ist gelb; ich schau auf die tür und seh, sie ist nicht ganz zu. ich steh im schnee, und ich steh, wenn es heiß ist, wenn es glüht, und ich steh, wenn es blüht, wenn es in wien blüht, wenn wien, ganz wien blüht, und ich steh und bin naß, und dann bin ich trocken, und bald naß, bald trocken. ich steh und rühr mich nicht. ich steh nicht steif wie ein stock, ich steh wie die uhr, wenn sie steht. kein mensch zieht sie auf. der mann kommt und geht, und ich seh ihn an und blick ihm nach, und die frau kommt und geht, und ich seh sie an und blick ihr nach, und ein kind kommt und geht, und ich seh es an und mach wau! und es schrickt und läuft und ich seh ihm nach bis es weg ist.

ungefähr alle zeichnen, ehe sie zu schreiben beginnen, und setzen dann, wenn sie, was meist in der schule geschieht, zu schreiben begonnen haben und, weil sie es müssen, es weitertun, das zeichnen und malen auch dort, weil sie es müssen, noch einige jahre lang fort. nicht viele schreiben, ohne daß sie es müssen, und wenn sie es tun, können es gedichte und andere geschriebene dinge sein, die nicht geschrieben werden müssen. auch zeichnen nicht viele dann noch, ohne daß sie es müssen, und wenn sie es tun, können es zeichnungen oder sonstige bilder sein, die weder gezeichnet noch sonstwie gemacht werden müssen.

auch mit dem gedichteschreiben, das bei mir, der mit den vorbereitungen dafür schon frühzeitig begonnen hatte, erst 1952 heftig einsetzte, um in wiederholten schüben bis heute die beinah einzig wirklich interessante beschäftigung für mich zu bleiben, ging mir das zeichnen nicht völlig verloren und wurde nicht vollkommen ausgelöscht; das heißt das zeichnen als ein drängendes verlangen, es zu tun, wirklich und nicht nur, wie für ungefähr alle schreibenden, dann und wann als ein kleines vor sich hinzeichnen am rand.

nach ein paar jahren mit richtigen zeilen voller richtiger wörter und sätze und gedanken, was zusammen wirklich gedichte ergab, kam ich an eine stelle mit noch mehr wegen als bisher und schritt nun auf allen diesen munter voran.

auf einem davon wurde die stimme frei, um fortan, vor mir und vor anderen, alles zu tun was ihr in den sinn kam, ohne daß sie sich weiter der wörter und sätze und gedanken besinnen mußte, von denen sie so viele jahre gefangen gehalten worden war; sie hatte ihre eigene art zu denken gefunden, und dazu ihre eigene art, es hörbar zu machen.

auf einem anderen wurden die wörter frei, die nun jedes mit jedem in kontakt treten konnten, jedes wort samt seinem sinn mit jedem wort samt seinem sinn, ohne daß sie sich weiter der sätze und gedanken besinnen mußten, denen untertan sie so viele jahre gewesen waren.

und auch die wörter mußten von ihrer macht abgeben, denn es gab nun die wege, auf denen die silben frei wurden, die bisher zusammengebunden waren zu wörtern, und die laute und buchstaben ebenfalls, die bisher fest in den wörtern gesteckt hatten.

keiner dieser wege durfte der einzige werden, alle diese wege durften nicht in einen einzigen münden, keiner dieser wege durfte besser als die anderen sein, denn es durfte, um lebendig und frei zu bleiben, alles weder in einer ordnung des einzigen noch in einer ordnung von oberen und unteren enden.

es gab nun auch schon, o glorreiche vielfalt, einen weg, auf dem buchstaben und wörter zu etwas wie bildern wurden, auch wenn die finger wie bisher an den schreibmaschinentasten klebten. sie loszureißen und sie erneut den schreibstift fassen zu lehren, um diesen in schwüngen übers papier sausen zu lassen, oder ihn langsam und bedächtig darüber hinweg ziehen zu sehen wie schnecken, und auf beide und andere arten eine schriftspur zu hinterlassen, die zugleich eine zeichenspur war – wie hätte es nicht alsbald auch auf diesen weg zu gelangen gelingen müssen, um sich auf ihm, dem wie jeder vorläufig neueste so viel versprechenden, zusätzlich zu den bisherigen fortzubewegen, nämlich einfach zu bewegen um dinge zu machen die man vor sich und den anderen sehen lassen kann.

wem an festen grenzen mehr als an verlaufenden landschaften liegt, der mag im lautgedicht die grenze zur musik überschritten vermuten, in diesen gezeichneten dingen die grenze zur grafik, und was hat er damit, außer vielleicht ein wichtiges reden oder ein murren. wer es tut hingegen, nämlich dieses und dieses und dieses und dieses macht, es tut im wandernden licht und schatten der poesie, wird ebenso wie der, der es alles nimmt wie es gemeint ist, und es für sich gebraucht wie es gemeint ist, auch dann noch vorankommen können, wenn ihm dieses bein knickt, jenes erlahmt, ein drittes unter die raupe gerät, ein viertes jählings entrissen wird. es wird immer noch anderes für ihn geben, andere beine und weitere wege.

als schon viele gefallen waren, aber noch keiner meiner freunde die alle mit mir noch zur schule gingen, zeigte ich ihnen, während wir töpfe oder köpfe oder sonstiges ohne sinn, der natur nachzeichnen mußten, ein sehr rasch verfertigtes blatt, das aus ganz wenigen geraden linien, von denen eine einzelne die anderen schnitt, und einem auffallenden punkt bestand; ich hatte es »seele« betitelt und behielt es lange im kopf, und konnte, solang ich es behielt, es jederzeit mühelos wieder herstellen. anfang 1975 schrieb ich dieses wort dick mit tusche auf ein blatt und wischte mit einem zweiten blatt papier einmal in schreibrichtung mit festem druck über das trocknende wort. das ergab einen schwarzen, am ende zerfaserten balken, aus dem der obere teil des »l« in die Höhe ragt. wenn man es von der seite betrachtet, erscheint schwarz auf schwarz lesbar das wort.

biographische notiz

ich wurde 1925 in wien geboren und hatte einen vater, der als kleiner angestellter eine große leidenschaft für das malen besaß, und eine mutter, die nicht lehrerin blieb, als sie mich, ihr erstes kind, zur welt brachte, und dann noch zwei söhne, robert, der jetzt architekt ist, und hermann, der jetzt lehrer und dichter ist. nach der letzten geburt erkrankte sie unheilbar an muskelschwäche und fing an, gedichte zu schreiben, während ihr gestörter körper dem haushalt und der familie gehorsam blieb. sie starb, als ich vierzehn war, und dies war die erste der katastrophen, aus denen sich mein leben seither zusammensetzt.

1943 machte ich das abitur und war dann, es hassend, eine zeitlang soldat. dann wurde aus mir ein kriegsgefangener, dann ein student in wien, schließlich ein lehrer für deutsch und englisch und bis zur scheidung ein ehemann.

es war ein glück, daß ich 1954 mit der dichterin friederike mayröcker zusammentraf, die schon damals einen guten namen besaß, und ich schrieb an ihrer seite viele gedichte. wir sind bis heute eng verbunden, aber wir leben nicht mitsammen, denn ich verstand es nicht, etwas an glück dauerhaft zu machen. ich zog mit meinen gedichten landauf landab und es geschah, daß sie wahrgenommen, akzeptiert und gedruckt wurden. ich erhielt zuletzt auch den einen und anderen preis dafür, während ich als lehrer in auflösung geriet. heute muß ich darauf achten, daß das, was mich niederdrückt, friederike mayröcker in ihrer unermüdlichen arbeit, die sie als menschen wie als dichterin immer größer macht, keinen schaden zufügt. ich lebe mit mir allein, ich schreibe immer noch, und ich hasse mich.

autobiographische ansätze

1
daß dieses leben keine geheimnisse birgt – welches denn täte es? –, jedoch genug, das mir die zunge lähmt, die kehle schnürt ...

wovon also ließe sich berichten? einzig doch von gedichten, solange sie nicht darangehen, ihren autor in stücke zu reißen. er drückt sie an sich, und er hält sie zugleich von sich ab, indem er sie auf wege befördert, auf die er selbst den geringsten einfluß besitzt, hinaus zu den menschen. dort dann zeigen sie sich in ihrer je eigenen gestalt und lassen sich vernehmen in ihrer je eigenen sprache, und vergessen, wenn es nach seiner absicht geht, ihren autor.

2
das leben kann sehr kahl sein, sagt der lange streifen, der nur aus »nur nur« besteht. der filmstreifen mit den beiden akteuren i und l ist da um einiges lustiger, obwohl auch er eine lange traurige sequenz enthält, ehe das i plötzlich wieder anwesend ist und beide einander fröhlich umtanzen. für mich ist das l ein mann und das i eine frau; aber das ist nicht bindend.

3
ein titel wie »laut und luise« kommt nur einmal im leben, und man hat auch nur einmal im leben eine mutter, die luise heißt. als mit zwei jahren abstand 1968 die »sprechblasen« folgten, hatte ich für diese sammlung zuerst den namen »flugschlüsse« vorgesehen, aber schon im vertrag hatte man dafür das wort »flugschüsse« eingesetzt, woran ich gewiß nie gedacht hatte. der anklang an »trugschlüsse« war mir bewußt, doch er wurde von mir nicht überschätzt. ich ließ mich

überzeugen, daß ich einen schwer eingängigen, nicht leicht zu behaltenden titel vorgeschlagen hatte, und verfiel nach längerem abwägen auf »sprechblasen«, was sogleich akzeptiert wurde. ich galt ja inzwischen als »sprecher«. (»flugschlüsse« sollte das ende von flügen bezeichnen, so wie mit jedem einzelnen gedicht, und schließlich allen insgesamt, ein fliegen zu ende geht, hart oder weich, oder mit aufprall und zerschellen.)

4
mach den mund auf! hieß es von vater und mutter, nicht wenn ich essen sollte, sondern um mich das deutliche sprechen zu lehren, und so bin ich viele jahre später zu den sprechgedichten gelangt, von denen die *sage* geht, keiner außer ich selbst könne sie sprechen, und nach deren vortrag durch mich ich zuweilen die frage nach einer besonderen sprechausbildung oder die lächerliche nach einem einüben vor dem spiegel zu beantworten habe. (die *sage* konnte mir nicht gefallen, wenn es in meiner absicht lag, daß meine gedichte, einzelne, meine stimme überleben sollten. so nämlich hatte ich das schreiben von gedichten, nach frühem beginn, alsbald gesehen, daß dadurch etwas entstehen sollte, das vom schreiber sich ablöste und selbständig wurde, nicht nur um anderen ortes, sondern auch um noch einige zeit *nach* ihm wirksam zu sein, ehe auch es allmählich in die finsternis zurücktreten würde. das mögen mir einige, die es erst jetzt erfahren, als unzeitgemäßes und sentimentales motiv ankreiden und somit eine enttäuschung erleben an dem, den sie sich unter mir bisher vorgestellt hatten.)

5
daß es die mutter war, die mit gedichten begann, worauf der knabe, imitierend, alsbald seine eigenen schrieb und eine ab-

sicht fürs leben faßte, und daß der vater zeichnend und malend ebenfalls für die kunst warb, wurde von mir wiederholt gesagt, und die nochmalige wiederholung rührt jetzt an nichts.

6
daß das erzeugen von poesie allmählich in den mittelpunkt unserer leben rückte, bewirkten friederike mayröcker und ich seit dem beginn unserer freundschaft aneinander gegenseitig. während wir nun fast ein vierteljahrhundert hand in hand dahinschreiten (wobei nicht verschwiegen werden soll, daß sie mich zuweilen wie einen ungezogenen jungen hinter sich herschleppen muß), ist ihre kraft und zuversicht gewachsen, und ihre dichtung hat, von »tod durch musen«, 1966, bis »heiligenanstalt«, 1978, eine meinen hals ausrenkende höhe erreicht, die so sehr weiter zu steigern ihre absicht ist, daß sie das alter von 150 zu erreichen proklamiert hat.

7
ich wurde am 1. august 1925 in wien geboren und am 15. desselben durch taufe römisch-katholisch. von meiner mutter besitze ich ein testament vom 20. juli 1925, worin es heißt: »mein letzter wunsch ist ferner, daß mein gatte zugleich der vormund des kindes ist und daß für die erziehung des kindes in einer guten, katholischen anstalt sorge getragen werde. sollte das kind gleich mir bei der entbindung oder später sterben, so hinterlasse ich alles, was ich besitze, das schlafzimmer, schmuck, kleider, wäsche, das gemeinsam ersparte geld, den mir mündlich zugesprochenen salon und das weichholzzimmer meinem gatten.«

8

mit sieben hing mein leben an einem faden, als ich nach masern wassersucht und nierenentzündung mit urämischen erscheinungen bekam und wochenlang auf dem bauch liegen und alles ohne salz essen mußte, aber es kam dann nicht wie mit dem kleinen guido über den ich ein buch gelesen hatte das seine mutter geschrieben hatte um für alle aus ihm einen kleinen heiligen zu machen, sondern meine mutter betete mich gesund und hatte auch ein fläschchen mit lourdeswasser für mich besorgt, obwohl sie gewußt haben mußte warum wir zum abendgebet immer sagten: laß mich lieber sterben als eine todsünde begehen, wozu damals noch die gelegenheit bestanden hätte, und keiner hätte dann jemals von meinen gedichten erfahren, die ja die meisten erst viele jahre später kamen, und es hätte keine lücke gegeben und niemand hätte etwas gefehlt.

9

anläßlich des todes meiner mutter ließ mein vater ein gedenkbildchen mit einem porträt der hl. theresia v. K. J. (eine zeichnung von eugen altrogge) drucken, das auf der rückseite folgenden text trägt:

> wir wandern weh, wir wandern still,
> wir wandern so, wie gott es will.
> die erden ist hart, das leid ist nah –
> für jeden gibt es ein golgotha.
>
> wir tragen lasten und dürfen nicht rasten,
> wir sind die brücken, schier alles will drücken,
> die schultern sind wund, das kreuz ist da –
> für jeden gibt es ein golgotha.

wir wollen nicht sinken, denn drüben winken
die ewigen sterne der himmlischen ferne.
wir sind geborgen, der heiland ist nah
für jeden, der wandert nach golgotha.

luise jandl, geb. rappel, die diese verse schrieb, war geboren am 3. dezember 1902 zu wiener-neustadt und starb am 6. april 1940 zu wien als gattin von viktor jandl und mutter der drei söhne ernst, robert und hermann. den jüngsten hatte sie zwei monate vorher auf die erste hl. kommunion vorbereitet und zum tisch des herrn geführt, dem sie selber täglich sich in großer andacht nahte. sie starb, versehen mit den hl. sakramenten, heiligmäßig, wie sie gelebt hatte. die hinterbliebenen bitten um ein gebet für sie. jesus! maria! joseph! aloysius!

10

ihre acht jahre währende, zum tod führende krankheit, myasthenia gravis, steigerte nicht nur ihre religiosität ins – wie mir damals schien – maßlose, sondern ließ sie auch mit dem schreiben beginnen, erst von kurzer prosa und dann zunehmend von gedichten. das erste, was sie von dieser krankheit merkte, war, daß sie eines tages beim kämmen die hände nicht hinauf bis zum kopf brachte, und dann kamen und gingen alle möglichen symptome, so daß es immer wieder ein paar tage oder wochen die hoffnung gab nun sei alles überstanden aber das war es nicht, und es gab auch die tage an denen sie nur mühsam sprechen konnte, nämlich so als ob ihr ein kloß im mund steckte. trotz ihrer körperlichen beeinträchtigung tat sie, infolge wachsender wirtschaftlicher schwierigkeiten nur fallweise von einer putzfrau unterstützt, die haushaltsarbeit für fünf leute praktisch allein, auf der anrichte (»küchenkredenz«) zwischendurch ihre einfälle notierend, aus denen dann (wann eigentlich?) ihre gedichte und prosatexte entstanden.

11
mein vater (1894–1973), als bankbeamter bis zur wirtschaftskrise in einem gesicherten beruf, dann von lohnkürzungen betroffen und von abbau bedroht, war ein leidenschaftlicher zeichner und aquarellist und betrieb diese kunst nahezu sein leben lang, als autodidakt und realist – er zeichnete und malte vor dem objekt – und mit geringer beziehung zu den radikaleren erscheinungen der malerei seiner zeit. den literarischen arbeiten meiner mutter widmete er sich mit hingabe. gegen das, was ich später schrieb, hatte er vorbehalte – »andere augen«, 1956, meinen ersten gedichtband, kommentierte er, freundlich und ein wenig verlegen, als für ihn zum teil nicht verständlich. (über erfolge, viele jahre danach, freute er sich; zu den texten, nun radikaler, äußerte er sich mir gegenüber selten.) meine mutter setzte seinem zeichnen und malen durch den kauf eines fotoapparates für jahre ein ende. vordem war er nach dem büro vor motiven im freien gesessen; seine fotomotive fand er, daheim und im urlaub, innerhalb der familie, mit dem badezimmer als dunkelkammer – fesseln, die er als solche vermutlich kaum spürte. auch die fotografie betrieb er als kunst, und kunst ging ihm über alles, nahezu (verbrachte er doch sein leben hinter bankschaltern *für uns*); und ihr ebenfalls ging kunst, als sie es einmal begonnen hatte und die ersten bescheidenen erfolge sich einstellten – abdrucke in zeitungen und zeitschriften –, nahezu über alles; außer der religion und der familie, für die beide zu kämpfen sie bereit war »wie eine löwin« (ihre worte).

12

ihr tod, dessen unzeitigkeit ich heute tief bedauere, beendete meine erziehung mit dem alter von 14. ich hielt fest an der idee des schreibens, hermann ebenso fand daran halt und bewies sein talent, und robert, als architekt, erreichte von uns dreien nicht nur den größten materiellen erfolg, sondern auch, als bisher einziger, eine familie, mit zwei wohlgeratenen söhnen.

13

keiner ist geladen, seine geburt zu begrüßen, und wenig fordert mich nach 53 jahren auf, mich zu meinem leben zu beglückwünschen. mit seiner eigenen vergangenheit nicht leben zu können, erfordert die abschnürung des gedächtnisses und die fernhaltung aller gegenstände der erinnerung. paradox muß es unter solcher voraussetzung anmuten, dennoch mit seinen gedichten leben zu wollen, und zwar nicht bloß mit den jeweils letzten, sondern mit der gesamtheit der bisher erzeugten und konservierenswert befundenen. das konnte nur durch den willkürakt der beseitigung ihrer zeitlichen distanz zum jeweiligen jetzt des autors geschehen, durch ihre versammlung an einem einzigen in reichweite liegenden punkt, durch verdeckung ihrer datierung und auslöschung jedweder chronologie – durch eine fiktion also, die jederzeit in sich zusammenbrechen mag, um eine stöhnende, klagende, hämmernde, stampfende meute von greisen bis jünglingen auf den autor loszulassen.

zur wichtigkeit,
ernst und ernst zu sein

1
menschen benennen menschen und nicht-menschen. im gegensatz zu allem anderen benannten trägt der mensch seinen namen bewußt mit sich. er ist teil seiner identität.

2
die eigenschaft »ernst zu sein« teilt der mensch mit dem tier. es ist beider grundhaltung. vorübergehend und kurz kann der mensch daraus ausbrechen, heiter sein, fröhlich, ausgelassen und dergleichen. der hund, als das dem menschen engst verbundene tier, scheint in ansätzen dazu ebenfalls fähig.

3
mein verhalten, ich erinnere mich genau, wurde in meiner kindheit von freunden meiner eltern als mit meinem vornamen übereinstimmend gelobt. heute müßte ich mich, um eine solche übereinstimmung zu erreichen, »entsetzt jandl« nennen. so hat sich meine einsicht in leben und welt seither geändert.

kleinere ansprache an ein größeres publikum (auszug)

um nicht mit *ich* zu beginnen, habe ich mit *um* begonnen, und kann nun hier nie wieder anders beginnen, nämlich das ganze, das schon begonnen hat, unabänderlich mit *um*. jeder satz kann zwar, augenblicklich, mit *ich* beginnen, und jedes wort, das mit *ich* sich beginnen läßt, ichneumon, ichthyol, ichthyosaurier, es sind nicht sehr viele und die meisten haben etwas mit fisch zu tun, immer hat jemand mit fisch zu tun, aber *was* wir hier jetzt, ich meine was haben wir hier jetzt mit fisch zu tun, immer hat jemand mit fisch zu tun, aber von denen hier jetzt nur die, die ihn vorhin gefressen haben und jetzt in sich drin verdauen, ohne es zu denken oder nur so es denkend, wie ein plötzlich in den mund zurückkehrender geschmack sie dran erinnert, aber begonnen hat dies alles jetzt mit *um*, sie haben es beinah schon vergessen, sie haben es jedenfalls hinter sich, mit »um nicht mit ich zu beginnen« hat es begonnen, und nun kann alles andere, wenn es will, ich es will, wollen sollte, damit beginnen, ohne daß der beginn des ganzen damit begonnen hätte.

mag es nun in der maschine stecken, oder mag es flach auf dem tische liegen, da schreib nun du hand, oder: da schreibt nun ihr hände, und von oben brüllt es, laßt mir doch den scheiß kopf in ruh, schreibt, verdammt, ihr zwei mit den fingern, aber laßt mir doch den scheiß kopf in ruh, denn dieses fingerzeug, flink, statt das gräßliche weiße papier mit buchstaben zu überziehen, unkontrolliert durch den unbeweglichen dösenden kopf, wimmelt über diesen als wütende ameisen, wespen, tentakeln, greift und sticht und saugt und will hinein und will heraushaben, was dort nicht drin ist. er ist vollgestopft, abfallkübel hirn, mit einem unendlich stümperhaft zusammengebastelten ich, diesem ich, das als ich ein *ich weiß* ist, es also weiß, welche scheiße es selbst ist; und daher, und weil es auch ein *ich will* ist, schmeißt es mit seinem gebrüll die finger herunter vom durch und durch vermoderten kopf, runter auf die tasten der maschine, runter auf das holz mit feder und papier.

sie werden es nicht ohne ihn tun, den beschissenen kopf, sie werden die autonomie, über deren abhandensein und niegehabthaben er selbst pausenlos wimmert, von ihm nicht bekommen, noch aus sich selbst heraus. also wird er zu ihnen hinunterspucken, alphabetische klümpchen, lexikalischen schleim, und an jedem solchen dreck wird ganz klein ein blutiges sein, eine rote spur von dem dreckigen ich, ohne daß es in ihm weniger würde, dieses schändliche stümperwerk, auf dessen ausräumung und beförderung in den müll er sein leben lang wartet.

nun, mit diesen dreckpartikeln, haben die finger ihr material, ihren farbstoff, können es verreiben und das leere weiße blatt damit sprenkeln. und das auge saugt es wieder in den dösenden kopf hinein, und der mund spuckt es wieder aus, mit seiner ungesäuberten stimme, und die ohren, wo immer sie nahe genug sind, die ohren dieses dösenden kopfes ich, dieses tosenden kopfes, fressen es in sich hinein, und alle anderen ohren an allen anderen köpfen, die nahe genug sind, fressen es in sich hinein und dort bewegt es sich dann, im vermoderten jedes einzelnen ich-kübels, oder schmeißt sich einfach hin, bis der nächste dreck es zudeckt.

solches auf papier verriebenes, alphabetische klümpchen, lexikalischer schleim, vom tosenden kopf hinuntergeschissen auf die finger, die flinken, füllt mit fortkriechender zeit die tausende blätter und zettel, in den schachteln und kisten und laden und regalen, als ein gegenbild im inhalt des tosenden kopfes, seinem unendlich stümperhaft zusammengerotzten ich. wenn er endlich beim müll ist, müll im müll, haben die aufräumenden lemuren ihr scheiß fest in diesem schmutzig papierenen kontrafakt zu diesem endlich aufgelassenen ich.

man hat es aus der tube gequetscht, unvorsichtig, unvorsichtig, lassen sie einen zentimeter hämorrhoidensalbe raus, und versuchen sie, stopfen sie sie zurück, machen sie die tube wieder zur jungfrau, es gelingt nicht, es bleibt ihnen kleben an den fingern, und führt die finger unweigerlich zum arschloch.

hätte ich, noch nicht ich, bloß der erste halbe zentimeter in der tube, schreien können: nicht aufmachen, nicht aufmachen, oder das gewinde blockieren – es wäre, um so zu schreien oder solches zu tun, schon zuviel des ich vorhanden gewesen, ich in der tube, so daß seine auslöschung ebenfalls erst hätte erfolgen müssen. aber wäre sie ihnen daraufhin aus den händen gefallen, in einen finsteren winkel gerollt, bis der tubeninhalt vertrocknete, wäre es vielleicht eine löschung ohne jemals einen einfall von licht gewesen, ein vorgang ganz im dunkeln einer niemals verlassenen masse, unvergleichbar dem hervorquellen und jahrelangen anschwellen und jahrzehntelangen zu bestimmtem format angeschwollen vorhanden-sein, um dann vom schädel aus, dieser dreckigsten aller kronen, die jahre und jahrzehnte der präparation für den müll an immer mehr stellen innen und außen zu registrieren, was den dösenden zu einem immer mehr tosenden macht, und bald kein geräusch stark genug, dieses tosen zu übertönen.

hä! morrhoiden
hä! morrhoiden
hä! hä! hä! morrhoiden

dies hat der kopf auf die finger gespuckt – und siehe da, es ergab einen rhythmus. haben wir grund zur annahme daß? wir haben jeden grund zur annahme daß. wir haben jeden grund zur annahme von allem. weiß, rosa, himmelblau, gold – der saustall meines kopfes ist mit fronleichnamsfahnen geschmückt. auch finden dort permanent maiandachten statt. maria zu lieben, ist allzeit mein sinn. wenn der weiße flieder wieder blüht. wenn der weiße flieder wieder blüht. mausi.

zerfetzen

jedes papier
du zerreißen kannst
also schmier einfach
irgend etwas drauf
dies zerfetzt mir aber
die stunden und die tage
die nie mehr wiederkommen
so hab ich viel von mir
mir schon genommen

kind und stein

ausruhen und vergessen sein
am besten unter einem stein
den niemand hebt, kein kind
das schaut ob würmer und asseln sind
unter dem stein den es im wald
ein wenig anhebt und wegrollt

oder selbst wurm oder assel sein
erschreckt von der plötzlichen sonne
wenn gehoben der stein wird, darunter
es so feucht und kühl und dunkel war
oder vielleicht dieses kind sein
oder selbst vielleicht dieser stein

am besten wohl dieser stein
der aber nie ich sein werde
und das kind bin schon gewesen ich
und was dann weiter kam, so fürchterlich
ist es, daß ich nicht noch einmal sein
wollte dieses kind, o nein

sondern ausruhen und vergessen sein
beides für immer, und es wird
kommen, ja ich glaube daran sehr
aber noch ist so schwer bis dorthin
der weg tag für tag, nacht für nacht
nicht besinnungslos doch in ohnmacht

ein gedanken

es mich frösteln
und meinen händen zittern
und in mein ohren klingen
und in mein kopf gehn rund
ein einzigen gedanken
den ich nicht können sagen
auch nicht schreiben
und er sein da
und sein mein feind

in der küche ist es kalt
ist jetzt strenger winter halt

mütterchen steht nicht am herd
und mich fröstelt wie ein pferd

von leuchten

wenn du haben verloren den selbst dich vertrauenen
als einen
schreibenen; wenn du haben verloren den vertrauenen
in den eigenen
kreativitäten; wenn du haben verloren den methoden,
den techniken
zu richten den lebendigen und den toten; wenn du
haben verloren
den zusammensetzen von worten zu satzen; wenn du
haben verloren
den worten überhaupten, sämtlichen worten, du haben
nicht einen einzigen worten mehr: dann du vielleicht
werden anfangen leuchten, zeigen in nachten den pfaden
denen hyänenen, du fosforeszierenden aasen!

beisel

blunzen essen
dazu trinken ein seidel
noch ein blunzen essen
dazu trinken noch ein seidel
andern zuhören sprechen
andern zuschauen essen
blunzen essen den dritten
dazu trinken den dritten seidel

menschenfleiß

ein faulsein
ist nicht lesen kein buch
ist nicht lesen keine zeitung
ist überhaupt nicht kein lesen

ein faulsein
ist nicht lernen kein lesen und schreiben
ist nicht lernen kein rechnen
ist überhaupt nicht kein lernen

ein faulsein
ist nicht rühren keinen finger
ist nicht tun keinen handgriff
ist überhaupt nicht kein arbeiten

ein faulsein
solang mund geht auf und zu
solang luft geht aus und ein
ist überhaupt nicht

visite

doktor ich nicht können aufhören scheißen
du mir geben mittel für aufhören scheißen

doktor ich nicht können aufhören sagen au au
du mir geben mittel für aufhören sagen au au

doktor ich nicht können aufhören in kopf reden
    wenn wollen schlafen
du mir geben mittel für aufhören in kopf reden
    und anfangen schlafen

doktor ich nicht können aufhören krepieren
du mir geben mittel für krepieren

blumenbein

ich sein blumenbein
du nicht verstehn
ich sein blumenbein
bein ich sein für blumen

ich nicht sein stiel
ich nicht sein stengel
ich nicht sein wurzel
ich nicht sein lilienengel

ich sein ein stehn
ich sein ein gehn
ich sein ein hinsetzen
ich sein ein liegen zum letzten

ich sein blumenbein
du nicht verstehn
ich sein blumenbein
bein ich sein für blumengehn

lotsen

meine beiden zigarettentoten
hinterpfoten
schmeiß ich dem chirurgen
auf den goldenen frühstückstisch
neben die cornflakes

meine vorderpfoten indes
müssen mir weiter
durch den ozean atemluft
die tabakschiffe lotsen
in den erstick-hafen meiner lippen

vom rauchen

wer soviel raucht
ist bald verbraucht
das weiß er und geht rasch
noch zigaretten kaufen
andere saufen
und viele tun beides
es liegt darin ein glück
ohne jemals ein zurück

dann aus liebe

im gegensatz zur absicht
die zum erwerb des gerätes geführt hat
dann aus liebe
zu dieser pistole (diesem revolver)
am leben bleiben.
(der strick, tabletten
erscheinen in dieser hinsicht verläßlicher.)

im bett, beim erwachen

ein stückchen schwarzer wolle – nein
eine fliege, daneben
ein zartes bein.

die morgenfeier, 8. sept. 1977

für friederike mayröcker

einen fliegen finden ich in betten
ach, der morgen sein so schön erglüht
wollten sich zu menschens wärmen retten
sein aber kommen unter ein schlafwalzen
finden auf den linnen ich kein flecken
losgerissen nur ein zartes bein
und die andern beinen und die flügeln
fest an diesen schwarzen dings gepreßt
der sich nichts mehr um sich selbst bemüht
ach, der morgen sein so schön erglüht

Aus der Fremde. Sprechoper in 7 Szenen (auszug)

dritte szene –
morgen bis später nachmittag: er

	1	
er:	halb sieben es erst sei verdammtes taubengeschrei	*(im bett; taubenlärm von draußen; er blickt auf die uhr)*
	2	
	viertel acht es erst sei verdammtes kindergetrampel	*(kindergetrampel von oben)*
	3	
	alsbald ertöne der wecker er ihn abstelle	*(stellt wecker ab, ehe dieser läutet)*
	4	
	viertel vor neun er besitze kein aufstehvermögen	*(blickt auf die uhr)*
	5	
	halb zehn und er wälze sich im schweiß	

6
er richte sich auf
und falle sofort
wieder zurück

7
auf dem bettrand
zu sitzen
sei ihm geglückt

8
er könne stehn
wickle polster und decke
ins bettlaken

9
nach nebenan *(tür B)*
schaffe er das bettzeug
gegen rückfälligkeit

10
die zigarette
entfache den tag
es werde licht

11
auf auf ihr faulen schläfer
habe gerufen
sein vater

12
morgentrost *(ans telefon)*
erwarte er sich
vom telefon

13
eben erst auf
telefoniere er ihr
seinen morgenkuß

14
geschlafen
habe er
sie frage nicht wie

15
gutes vorankommen
er ihr wünsche
müsse erst waschen sich

16
auch sie ihn
jederzeit
anrufen könne

17
regenerieren *(geht nebenan, tür B;*
möge ihn *wassergezisch)*
das bad

18
restaurieren
möge ihn
kaffee

(bekleidet aus tür A,
große kaffeetasse)

19
kurieren
mögen ihn
vitamine

(aus phiole einige
pillen, schluckt sie)

20
die zigarette
jederzeit
ihn rette

(raucht)

21
erst elf
seine schnelligkeit
spare zeit

(anschnallen der
armbanduhr)

22
ohne telefon
hätte er einen sohn
wenigstens eine tochter

(wählt telefonnummer)

23
er sei es nochmals
ob sie abends
bei ihm essen wolle

(telefonierend)

24
keinerlei mühe
ohnedies
müsse er zur post

25
vielleicht auch mittag
nein er verstehe
daß sie nicht unterbrechen könne

26
gutes vorankommen
er ihr wünsche
er werde jetzt post holen *(telefon aus)*

27
eine zigarette
ehe er sich
nach draußen begebe

28
halb zwölf
sei nicht die zeit
für whiskey

29
die große tasche
benötige er
für die zahlreichen flaschen

(durch tür A mit großer aktentasche in vorraum, flaschengeklirr, öffnen der außentür, zuschlagen)

scheißender mann

die hose
heruntergelassen
sitzt er

und blickt
auf seine nackten
knie

und es ereignet sich
in ihm
an ihm
aus ihm

sein leben lang
das gleiche
gleiche
gleiche

notizen vom 17.10.78, dem todestag von jean améry

1

mir ist der weg zum ort verwehrt
wo mich die welt mir selbst beschert
das ist nicht deutlich ausgedrückt
ich kann auch sagen: nicht geglückt
ihr könnt auch sagen: ganz verrückt

2

ich klage gern au weh au weh
als ob auf meinem fuß wer steh
vielleicht steht auch wirklich wer drauf
denn ich lauf nicht mehr
ich geh nicht mehr
ein weg bleibt leer
ich sag nicht daß es meiner wär
doch schau ich immerzu hin und seh
ich bin nicht drauf
und ein anderer auch nicht

3

schöner abend

mein kind breit deine arme aus
dein vater kommt zu dir nach haus
die mutter steht schon hinter dir
dein vater hebt dich in die höh
die mutter liebt uns beide heiß
und angericht sind trank und speis

4
mein ganzes leben ist mir versaut
das verdanke ich meiner ewigen haut
(statt ewig könnte man auch lebenslänglich sagen)
(statt haut könnte man auch umgebung sagen)

also sage ich es:
mein ganzes leben ist mir versaut
das verdanke ich meiner lebenslänglichen umgebung
sie ist länglich wie mein leben
und sie gibt mich um

was mich daran stört
ist einzig das feminin
(doch es ergibt einen sinn)
(wenn man so sagen darf)

5
der schriftsteller
stirbt schneller
der musiker
stirbt vielleicht lustiger
der maler
stirbt vielleicht kahler
(siehe picasso)

6
manchmal hab ich eine solche wut
daß es für keinen gut ist bei mir zu sein
grad dann bin ich nicht gern allein
denn wie bring ich meine wut los

das versteht jeder

denn jeder hat schon einmal eine wut gehabt
und manche haben auch verstanden
daß einer mit seiner wut nicht gern allein ist

die sind dann rasch weggegangen
oder sie sind bei ihm geblieben
vielleicht weil sie ihn lieben
aber sicher um ihm zu helfen
(manche sind dabei draufgegangen)

7
bestimmt wird das was ich jetzt sag
nicht das letzte sein was ich sag
das denkt sich bestimmt fast ein jeder
wenn er das letzte sagt was er sagt
vielleicht werd ich morgen noch leben
denken sich sicher auch einige
bestimmt werd ich morgen noch leben
aber denken sich noch mehr
aber die meisten denken sich derlei
überhaupt nicht
die haben gut reden
die haben vielleicht auch gut denken
die haben vielleicht auch gut schlafen
die können auch stumm sein

8
mich schlagen

warum sollen menschen mich schlagen?
warum sollen menschen mich nicht schlagen?
nichts spricht dafür, nichts spricht dagegen.
nur ich bin dagegen, weil es mir wehtut.

9

ich eh nicht will daß du mir sagen
daß du mich liebhaben tust;
ich tu auch dir nicht sagen
daß ich dich liebhaben tu.
denn es sein jetzt
doch sehr verbunden mit schmerzen,
wenn wir jetzt uns sagen
daß wir sich liebhaben tun.

an peter von tramin, spät

ein wenig schon
ein wenig schonung
hätten wir brauchen können, üben sollen

du, toter freund
den ich erst jetzt
so anzusprechen mich vermesse

und wir, die überlebenden
nämlich jene, die
zu deinen freunden du nicht zählen konntest

kommentar

daß niemals
er schreiben werde
seine autobiographie

daß ihm sein leben
viel zu sehr
als dreck erscheine

daß auch nur wenige
punkte, blutige
er noch erinnere

daß aber niemals
er zögern werde
in den dreck zu fas-
sen

um herauszuziehen
was vielleicht
einen stoff abgäbe

für poesie
seinen widerlichen
lebenszweck

die einsamkeit

das muß schon einige zeit her sein,
daß ich von einsamkeit gelesen habe,
denn längst ist einsamkeit nicht mehr
so fern (von mir),
daß ich es lesen muß
um etwas davon zu hören.
sie geht mir tag und nacht
nicht mehr aus den ohren.

die spuren

die spuren, die ich hinterlasse,
sind in mancher schrift
geschrieben und gedruckt.
die luftbewegung der zeit
wischt sie von den seiten
früher oder später
und ich werde mich nicht einmischen.
aber in die erde
werde ich mich einmischen
so tief hinein, so oberflächlich hinein
und, wen es nicht zu tränen rührt,
so lächerlich, aber spurlos,
nämlich eine luftbewegung
ohne eine zeitbewegung.

wiedergefunden

ein blatt
darauf
maschingeschrieben
maus

sonst nichts

vor tagen
wochen
unbestimmter zeit
kam das da drauf

von mir

ich weiß

nach hause kommen

öffnet die tür sich
lacht sich entgegen
umarmt sich
küßt sich
springt an sich hoch als das kind
springt an sich hoch als der hund
streichelt sich den kopf
nimmt die tasche sich aus der hand
hilft sich aus dem mantel
erzählt sich was alles war draußen
hört sich zu wie alles war zuhaus

der beschriftete sessel

für harry & angelika

ich haben ein sessel
stehn JANDL groß hinten drauf
wenn ich mal nicht wissen
sein ich's oder sein ich's nicht
ich mich nur hinsetzen müssen
und warten bis von hinten wer
kommen und mir's flüstern

lebenszeichen

ja geht
nur über meinem kopf, daß in
meinem kopf ich euch
trampeln höre, ein
lebenszeichen: hurra! ich
lebe ja noch

30. juni 1979

diesen tag
begehen
wie einen grund
oder wie ein fest
ohne grund zu einem fest
ohne festen grund

selbstporträt des schachspielers als trinkende uhr, 24. juli 1980

17 uhr
hinter ihm
laufe sein schach-computer
mit fünfzehn minuten
computing-time pro zug;
dann ertöne
das dünne stimmchen.
je viertelstunde also
er ans tischchen laufe
zur eingabe
binnen sekunden
seines eigenen zuges.
das glas
mit gin tonic
und dem mülheimer stadtwappen
zur erinnerung an eine
große stunde
fülle er
alle 25 minuten
und nehme daraus
alle 4 bis sieben
minuten
gerade einen schluck.
alle zwölf
bis 14 minuten
entzünde er
eine zigarette.
so errichte er

die background-struktur
für sein heutiges gedicht.
17 uhr 7

frei und schlecht

ich bin frei und mir ist schlecht.
warum sollte mir nicht schlecht sein?
freilich sollte mir schlecht sein, und es ist mir auch schlecht.
es könnte mir allerdings auch nicht schlecht sein.
dann würde ich sagen: ich bin frei
und mir ist nicht schlecht.

this is a dog's world

der hündische himmel winkt
den hündischen gläubigen
der hündische himmel stinkt
zum hündischen himmel
der hündische himmel blinkt
mit hündischen sternen
der hündische himmel sinkt
zur himmlischen erde
der hündische himmel trinkt
aus dem hündischen meer

der einsame freund

der einsame freund, das ist jeder
für sich selbst. die gesellschaft der freunde
die stets nur aus einem einzigen besteht, ist ein wahres
glückszeichen. ich habe keinen
neben mir, vor mir, hinter mir
aber ich bestehe aus freunden, ich bestehe
aus der freundschaft zwischen mir und mir
dem selbstmörder, der dem selbstmörder den
selbstmord vereitelt, indem er ihm das messer
an den strick setzt, der ihn doch halten sollte,
hochhalten, während er zu boden fällt, gerettet
von freundeshand

einmal war sie sieben, und auf einmal ist sie siebzig. friederike mayröcker nimmt das zur kenntnis.

was ist geschehen? zur sieben ist eine null getreten – das ist alles. friederike mayröcker nimmt es gelassen zur kenntnis.

die glückwünsche häufen sich in einem korb, nein, in körben. karl krolow, seinerzeit, bedankte sich für einen jeden – bis zum physischen zusammenbruch. daß es friederike mayröcker nicht so ergehen möge, ist mein erster wunsch.

mein nächster ist: wenn du, friederike, hundertzwanzig jahre tatsächlich zu werden gedenkst, in anbetracht all deiner literarischen vorhaben, dann mögest du mit hundertzwanzig so agil wie heute mit den bis dahin fünfzigjährigen feiern, die jetzt noch unsere ungeborenen kinder sind, und natürlich mit deren kindern, die dann zwischen zwanzig und dreißig sein werden, und natürlich mit allen von uns, die dann erst 75 sein werden, weil sie jetzt schon 25 sind. man könnte meinen, das leben sei ein zahlenspiel, was es ja auch ist, wenngleich nicht das allein.

1945, ein jahrzehnt vor unserer begegnung, konnten wir beide sagen, und wir sagten es, etwas furchtbares sei überstanden. bis heute sprechen wir davon, als von einem wunder, am ende unserer weitgehend zerstörten jugend.

unser erstes gemeinsames jazz-konzert, 1955 oder so, eine katastrophe: count basie, der große count basie – und wir mußten zur pause weg, nur weg. sollte das vielleicht musik sein?

dann kam, in raten bezahlt, der erste plattenspieler, der billigste – wir waren die ersten jahre praktisch geldlos; ein zwanzig-schilling-schein, von vater mayröcker uns in die ferien nachgeschickt, und wir feierten ein fest. und zum plattenspieler die erste LP, benny goodman, trio und quartett, 1935–38 – sie bestätigte unser glück: besonders die, wie wir sie nannten, »blöde« nummer mit cootie williams, gestopfte trompete. sogar dem alten mayröcker spielten wir sie vor, zu seiner distanzierten freude.

»noch leben alle, die wir lieben«, endet ein früher text von friederike mayröcker. heute, der vater ist lange schon tot, und seit dem letzten november ebenfalls die mutter. sollte man den satz nicht wenden, »wir lieben alle, die noch leben«?

»after all, tomorrow is another day« – wie oft habe ich es von dir gehört, abends, am telefon, unserem kontaktmedium nummer eins. »und grüßen sie bitte ihre frau.« »bitte, wir sind nicht verheiratet, wir haben keinen gemeinsamen haushalt, wir führen keine ehe.« garnicht einfach, sie *auch* in die akademie der künste in berlin zu bringen – eheleute in der gleichen abteilung, das kommt doch nicht in frage. und den büchner-preis – hat ja schon ihr gatte, ernst jandl. nein. die ehe zu vermeiden, dauerte einige jahre, dann hatten wir es geschafft. ihr ex-gatte kaufte ihr den schönen namen zurück, im rathaus zu wien.

mit dreißig holt man nichts nach, aber wir konnten noch einmal beginnen, diesmal gemeinsam. vieles blieb ausgespart; es war, aus heutiger sicht, ein gebot der vernunft, das uns dazu verhalf, unsere herzen, unseren verstand und unsere seelen gemeinsam zu mobilisieren für das, was uns geblieben war, nämlich für das, worum es uns überhaupt ging: für deine kunst, und für meine kunst, überhaupt: für die kunst, deren medium, für uns beide, die sprache war und geblieben ist. friederike mayröcker, von so vornehmen geistern wie bach und hölderlin angeführt, hat in ihrer kunst eine glorreiche höhe erklommen. mein sinn, in richtung einer aufgeklärten massenkultur, konnte sich gleichermaßen durchsetzen. so ergänzen wir einander liebevoll und mit respekt.

wir sind christen, ein wort, das man heute wieder aussprechen darf. friederike mayröcker nennt den, oder einen, heiligen geist die quelle ihrer inspiration; es gibt, für sie, in ihrer kunst etwas, das von außen kommt, und zwar von oben, während ich nicht sicher bin, wo oben ist.

begraben möchten wir gemeinsam werden, und zwar noch lange nicht, und auch nicht unbedingt gleichzeitig. mit dem verlangen nach hundertzwanzig lebensjahren hat sie sich auf etwas eingelassen, worin ich ihr nicht so ohne weiteres folgen kann.

unser leben ist, seit vierzig jahren, ein gemeinsames, ohne eine gemeinsame wohnung, und ohne kochtopf. der turbulente anfang wich alsbald einer bis heute anhaltenden ereignislosigkeit, ohne idylle. unbemerkbarkeit gab uns durch jahrzehnte die graue lehrerhülle, deren wir uns endlich, zögernd, entledigten. unbemerkbar, in vielerlei form, sind wir geblieben. kunst allerdings läßt sich nur bewerkstelligen mit dem anspruch, vor allem an einen selbst, auf einen ersten platz, erreichbar, wenn überhaupt, so nur durch unermüdliche arbeit, durch auseinandersetzung und kampf. friederike mayröcker hat einen solchen platz erreicht, wir freuen uns darüber und gratulieren ihr. doch hätten wir von ihr und ihrem werk kaum etwas erfaßt, würden wir nicht in jeder ihrer äußerungen die unerschöpfliche kraft ihrer liebe erkennen.

alternder dichter

nicht immer werden sie mir
alles geschriebene aus den händen reißen
um es zu drucken
sondern sie werden über mich hinwegsehen
über meinen kopf weg nach anderen spähen
und ich werde sie verstehen

ach wie klein ich geworden bin
werde ich mir sagen
keinem verstellt meine stirn mehr den blick
ich bin sehr in mich zusammengesunken
mir ist so bang

author's last choice

unusually well-known writer
mid-sixties, fed-up, periodically downcast
with incorrigible leg-trouble
offers most renowned official trophies and documents
awarded by national and
international institutions of highest standing
plus books, magazines, reviews, manuscripts, typescripts
photographic materials as well as memorial items
dating back to his childhood
in exchange for the lease of a villa
of a minimum of eight rooms
in a beautiful western district of Vienna
with garden and a minimum of staff
for keeping up the house, cooking, etc.

stille messe

nun warte ich schon sehr
auf einen tropfen wein
und denk: ’s wird nicht für immer
aus damit sein

ich seh im dunkel dunkelrot
das ewige licht
und bin ich tot und bist du tot
es verlöscht für keinen nicht

herr, laß sie ruhen in frieden
sie haben ja genug gestritten
und gelitten, selbst wenn sie nur
auf diesen tropfen wein
    auf diesen tropfen wein
        auf diesen tropfen wein (wdh. ad lib.)

was ein gedicht ist

ich sag das ist ein gedicht
und gefällt es dir auch nicht
ist gefallen ja nicht pflicht
auch mir selbst gefällt es nicht
aber schreiben ist mir pflicht
deshalb schrieb ich das gedicht
sagte gleich daß es eins ist
und wär jetzt wie du dismissed
ging mir nicht wie jedem christ
quäle nie ein tier zum scherz
denn es fühlt wie du den schmerz
außerordentlich zu herz

augenzeug

ich sehe was ich sehe
und gehe darin ein und aus
wenn ich die fliege nicht mehr sehe
dann seh ich noch die maus
wenn ich die maus nicht mehr sehe
dann seh ich noch den hund
wenn ich den hund nicht mehr sehe
dann seh ich noch das pferd
wenn ich das pferd nicht mehr sehe
dann seh ich noch den elefanten
wenn ich den elefanten nicht mehr sehe
dann seh ich noch das empire state building
und gehe darin ein und aus
und sehe was ich sehe

spruch mit kurzem o

ssso

Lebensdaten

1925	1. August in Wien geboren
1935–43	Besuch des Gymnasiums in Wien
1940	Tod der Mutter, Luise Jandl, geborene Rappel
1943–45	Militär, Flucht
1945–46	Kriegsgefangenschaft, Dolmetscher
1946–50	Studium der Germanistik und Anglistik
1949	nach Probejahr Anstellung an einer Wiener Mittelschule (Gymnasium)
1952	Erste Publikationen in der Zeitschrift »Neue Wege«
1952–53	Aufenthalt in England
1954	Erster Kontakt mit Friederike Mayröcker
1956	Der Gedichtband »Andere Augen« erscheint im Bergland-Verlag
1957	Publikation der ersten »sprechgedichte«, die Jandl in Österreich für die nächsten Jahre von allen Publikationsmöglichkeiten ausschließen. Wann wird sich je ein Verlag finden, der Gedichte, wie Jandl sie schreibt, veröffentlichen wird?
1963	Reise in die Bundesrepublik Deutschland, erste Kontakte zu Verlagen, Treffen mit Reinhard Döhl und später Helmut Heißenbüttel
1965	Aufenthalt in England, Teilnahme am »International Poetry Reading at the Royal Albert Hall«, London
1966	Erste Auftritte zusammen mit dem Duo Dieter Glawischnig, Piano, und Ewald Oberleitner, Bass; später tritt Jandl mit einem von Dieter Glawischnig geleiteten Trio und der ebenfalls von ihm geleiteten NDR Big-Band auf; der Band »Laut und

Luise« erscheint im Walter Verlag und führt dort zur Schließung der literarischen Abteilung des Verlags

1968 Gemeinsam mit Otto F. Walter wechselt Jandl zu Luchterhand, »sprechblasen« erscheint dort; zusammen mit Friederike Mayröcker beginnt die Arbeit an Hörspielen; Hörspielpreis der Kriegsblinden für »Fünf Mann Menschen«

1969 »Fünf Mann Menschen«, Hörspiele, mit Friederike Mayröcker, erscheint bei Luchterhand

1970 »der künstliche baum« erscheint bei Luchterhand

1970–71 Aufenthalt (mit Friederike Mayröcker) in Berlin als Stipendiat des DAAD; Mitglied der Akademie der Künste, Berlin

1971 »flöda und der schwan« erscheint in der Eremiten-Presse; Berufung als Visiting German Writer an die Universität Austin/Texas

1972 Vortragsreise durch die USA (gemeinsam mit Friederike Mayröcker)

1973 »dingfest« erscheint bei Luchterhand, »übung mit buben« in der Berliner Handpresse; Mitbegründer der Grazer Autorenversammlung; der Vater, Viktor Jandl, stirbt

1974 »für alle« und »serienfuss« erscheinen bei Luchterhand; »wischen möchten« erscheint als eine Publikation des Literarischen Colloquiums, Berlin; Georg-Trakl-Preis

1975 »der versteckte hirte«, Eremiten-Presse; Lesungen in verschiedenen Städten Österreichs, der Schweiz und der Bundesrepublik; seither liest Jandl regelmäßig und kontinuierlich im In- und Ausland

1976 Nach längerer Freistellung vom Unterricht (insgesamt 5 Jahre) unternimmt er einen letzten Versuch, in seinem Beruf als Lehrer wieder zu arbeiten. Dieser Versuch schlägt fehl, er wird pensioniert; die Aufsatzsammlung »Die schöne Kunst des Schreibens« erscheint; das Stück »die humanisten« wird in Graz uraufgeführt; Preis der Stadt Wien

1977 Sechs Vorträge an der Universität Wien über neuere Dichtung

1978 »die bearbeitung der mütze«, Luchterhand; Österreichischer Würdigungspreis (Staatspreis)

1979 Erste Lese-Aufführung des Stücks »Aus der Fremde« findet in Berlin an der Schaubühne am Halleschen Ufer statt; Premiere von »Aus der Fremde« in Graz

1980 »der gelbe hund« und »Aus der Fremde« erscheinen; Mühlheimer Dramatikerpreis für »Aus der Fremde« in der Aufführung durch die Schaubühne am Halleschen Ufer, der deutschen Erstaufführung

1981 Symposium über Ernst Jandl in der Alten Schmiede, Wien

1982 Manuskripte-Preis des Landes Steiermark; Anton-Wildgans-Preis der Österreichischen Industrie

1983 »selbstporträt des schachspielers als trinkende uhr«

1984 Erste Auftritte mit Musikern des Vienna Art Orchestra, Leitung Mathias Rüegg; erste Zusammenarbeit im Duo mit Manfred Schoof (Trompete, Flügelhorn); Mitglied des Österreichischen Kultursenats; Großer Österreichischer

Staatspreis; Georg-Büchner-Preis; Oktober bis Dezember Gastprofessur für Poetik an der Frankfurter Johann-Wolfgang-Goethe-Universität

1985 »Gesammelte Werke in drei Bänden« und »Das Öffnen und Schließen des Mundes. Frankfurter Poetik-Vorlesungen« erscheinen bei Luchterhand; Preis der Deutschen Schallplattenkritik für »bist eulen«

1986 Ehrenmedaille der Bundeshauptstadt Wien in Gold

1987 Kasseler Literaturpreis für grotesken Humor

1988 Deutscher Kleinkunstpreis

1989 »idyllen«, ein neuer Gedichtband, der erste nach den »Gesammelten Werken« erscheint; Frankfurter Hörspielpreis

1990 Peter-Huchel-Preis für den Band »idyllen«; Österreichisches Ehrenzeichen für Wissenschaft und Kunst

1992 »stanzen« erscheint; seither gemeinsame Auftritte mit dem Musiker Erich Meixner

1993 Kleist-Preis

1995 Die Sammlung »lechts und rinks« erscheint bei Luchterhand, darin ist zum ersten Mal das Stück »die humanisten« außerhalb der Werkausgabe in einem Buch von Ernst Jandl enthalten; Ernst-Jandl-Symposium an der Universität Udine, Italien; Friedrich-Hölderlin-Preis

1996 »peter und die kuh« erscheint bei Luchterhand; Großes Goldenes Ehrenzeichen für Verdienste um die Republik Österreich

1997 Die »poetischen werke in 10 bänden« werden veröffentlicht und machen u.a. sämtliche von Ernst Jandl publizierten Gedichte wieder zugänglich

1998	Die erste Sammlung von Ernst Jandls essayistischem Werk »Autor in Gesellschaft« wird publiziert
2000	Am 7. Juni 2000 stirbt Ernst Jandl.
2001	Posthum erscheint als Band 1 der neu gestarteten »Sammlung Luchterhand« Ernst Jandls »Letzte Gedichte«.

Nachweise

Die Texte wurden folgenden Büchern von Ernst Jandl entnommen:

Andere Augen (1956):
zeichen; vom gehen, messen und greifen.

Laut und Luise (1966):
die tassen; wo bleibb da; zweierlei handzeichen; lichtung.

sprechblasen (1968):
zur erinnerung; spruch mit kurzem o.

der künstliche baum (1970):
ottos mops; i love concrete.

dingfest (1973):
... er habe immer etwas zu sagen ...; viele wege; lebensbeschreibung; das erwachen im käfig; vormittage; halsschmerzen; ein ichmich; urteil; kleeblattgasse; am morgen; das reck; legende.

wischen möchten (1974):
this is a dog's world; visiting associate professor.

der versteckte hirte (1975):
blick nach vorn im zorn.

die bearbeitung der mütze (1978):
16. dezember 1973; beisel; menschenfleiß; visite; blumen-

bein; jandls frisur; lotsen; der beschriftete sessel; dann aus liebe; scheißender mann; im bett, beim erwachen; die morgenfeier, 8. sept. 1977; von leuchten; vermessen.

der gelbe hund (1980):
inhalt; die einsamkeit; die spuren; wiedergefunden; notizen vom 17.10.78, dem todestag von jean améry; vom rauchen; mit jedem schritt; von wörtern; ein gedanke; 30. juni 1979; lebenszeichen; was ein gedicht ist.

selbstporträt des schachspielers als trinkende uhr (1983):
my own song; kind und stein; selbstporträt des schachspielers als trinkende uhr, 24. juli 1980; kommentar; in erinnerung an fritz jandl; an peter von tramin; spät

idyllen (1989):
verwandte; lesung saarbrücken, 15. juli 1988; alternder dichter; in der küche ist es kalt; scheer; die garbe; augenzeug; frei und schlecht; fahren aufs land; gerade *weil* ich ...; nach hause kommen.

lechts und rinks (1995):
rede an friederike mayröcker.

peter und die kuh (1996):
author's last choice; stille messe; der schrei; ave maria; »wer sein kind liebt, der züchtigt es«; neuigkeiten aus der großen weiten welt; bauernfamilie im elsaß; hernals; der einsame freund.

Gesammelte Werke, Gedichte, Stücke, Prosa, Band 3 (1985/90):
szenen aus dem wirklichen leben; die humanisten; Aus der

Fremde; vortrag; war einst weg und bin jetzt hier; kleinere ansprache an ein größeres publikum; 1944; vier bestrafungen; das gleiche; selbstporträt 1966; andere beine und weitere wege; biographische notiz; autobiographische ansätze; zur wichtigkeit, ernst und ernst zu sein; die prophezeiung des tischlers.

poetische werke in 10 bänden (1997):
darin aus *verstreute gedichte*: zertretener mann blues; erst habe ich mich umgebracht; mutters früher tod.

Editorische Notiz

Am 4. November 1997 stellte Ernst Jandl seine gerade frisch erschienenen »poetischen werke in 10 bänden« vor und überraschte die Zuhörer mit ausführlichen Erläuterungen, welche persönlichen Lebensumstände bei welchem Gedicht eine Rolle gespielt haben. Am Anfang dieses Jahres ging er noch einen Schritt weiter: Er hatte einen Leseabend in Salzburg mit Gedichten zusammengestellt, in denen es nur um ihn ging. Das Publikum war hingerissen (als könne ein Superlativ noch gesteigert werden), und diese Lesung gab den endgültigen Anstoß, Jandls autobiographische Texte zu sammeln und in einem eigenen Band zu veröffentlichen.

Von der Idee angetrieben, zeigte sich, daß sich Jandls Lebensspur deutlich und kräftig durch sein Werk zieht; und dies nicht erst, seit seine Abneigung gegen die Verwendung des »ichs« gewichen ist, und er unverblümt und für jedermann erkennbar mit dem Material seiner Biographie (grob gesagt, um Mitte der 70er Jahre) zu arbeiten begonnen hatte. Der Bogen spannt sich von der Kindheit bis ins Alter, von privaten Konfessionen bis zu politischen Bekenntnissen, vom Nachdenken über Literatur bis zu Reflexionen über die eigene Sicht der Welt und was geschieht, wenn dieses Leben an seinem Ende angelangt ist. Von seinem (einem) Leben als Schriftsteller läßt sich vieles erfahren und von den kleinen Alltagsdingen, die vom Gasthausbesuch bis zu Konsultationen bei Ärzten alle Höhen und Tiefen enthalten, die Jandl, auch wenn er sich manchmal vor Wut zerreißen könnte, an seinem Leben hängen lassen.

Bunt sind auch die Texte, die diese (Zwangs-)Beschäftigung mit sich selber hervorgebracht haben. Was Jandl zu Jandl hat werden lassen, ist hier vorhanden: Lautgedichte,

Sprechgedichte, Gedichte in gebundener und »heruntergekommener« Sprache, Grotesken, Vierzeiler. Aber auch auf den für Jandl entlegeneren Planeten der Prosa hat ihn die Auseinandersetzung mit seinem Leben ausgiebig geführt und zum Drama. Deshalb läßt sich dieser Band nicht nur als ein sehr persönlich gefärbter Querschnitt durch sein Werk lesen. Sein erzählerisches Werk ist in diesem Buch auch in einer Vollständigkeit enthalten wie in keinem Buch von Ernst Jandl zuvor (außer den längst vergriffenen Gesammelten Werken von 1985); dazu Dramatisches, darunter das ebenfalls seit langem nicht mehr zu greifende, titelgebende Stück »szenen aus dem wirklichen leben«.

Die Reihung der Gedichte hat sich an der Chronologie von Jandls Biographie und den Phasen orientiert, in denen er in seinem Werk auf sich selber eingegangen ist. Zur näheren Orientierung finden sich im Inhaltsverzeichnis die Entstehungsdaten seiner Texte und in einer Übersicht seine wichtigsten Lebensdaten. In den Nachweisen sind die Bücher angegeben, aus denen die Texte entnommen wurden und in welcher Reihenfolge sie dort abgedruckt worden sind, damit sich die poetische Umgebung nachvollziehen läßt, in die sie Jandl gestellt hat.

Selbstverständlich konnten nicht alle autobiographischen Texte von Ernst Jandl aufgenommen werden. Bei diesem Versuch wäre man vermutlich in der Nähe einer neuen Werkausgabe »Ernst Jandl« angelangt. Und diese Werkausgabe gibt es ja. Wie gesagt, seit 1997 (wieder).

Klaus Siblewski

Inhalt

Sammlung Luchterhand – das literarische Taschenbuch

Ernst Jandl, Letzte Gedichte. Originalausgabe

Noch zu seinen Lebzeiten ist mit Ernst Jandl (1925–2000) über einen neuen Gedichtband gesprochen worden. Die Vorstellung, daß diese Gedichte in der neuen Sammlung Luchterhand erscheinen würden, beflügelte ihn. Er unterstützte immer Bemühungen, Gedichte in preisgünstigen Ausgaben zugänglich zu machen und freute sich deshalb darauf, daß mit seinem Buch die neue Sammlung Luchterhand gestartet werden sollte. Im Sommer 2000 ist Ernst Jandl gestorben. Aus dem geplanten Band mit neuen Gedichten ist die Veröffentlichung seiner LETZTEN GEDICHTE geworden.

»Bitterböse, rabenschwarz, radikal.« Badische Zeitung

128 Seiten. € (D) 9,50. Sammlung Luchterhand 2001

Ernst Jandl, der künstliche baum

Ernst Jandl war stolz darauf, als sein Buch DER KÜNSTLICHE BAUM 1970 als Originalausgabe im Taschenbuch erschien – und er wurde Zeuge einer Entwicklung, die ihn noch mehr erfreute: »Band 9 der Sammlung Luchterhand DER KÜNSTLICHE BAUM war binnen weniger Monate mein weitaus erfolgreichstes Buch ... Nun stand für nicht wenige fest, ich sei ein konkreter Poet, ein Ruf, der mir schmeichelte, von dem ich mich aber alsbald zu befreien trachtete.« Über dreißig Jahre nach seinem ersten Erscheinen ist dieses Buch zu beidem geworden: zu einem Klassiker moderner, experimentierfreudiger Poesie und zu einem Klassiker der Poesie überhaupt.

160 Seiten. € (D) 10,00. Sammlung Luchterhand 2019

Sammlung Luchterhand – das literarische Taschenbuch

Ernst Jandl, peter und die kuh

1996 kehrte Ernst Jandl mit PETER UND DIE KUH – nachdem er mit den STANZEN wenige Jahre zuvor einen überraschenden Ausflug in den Wiener Dialekt, seine heimliche Muttersprache, unternommen hatte – zu dem zurück, was er im Gedicht unter deutscher Sprache versteht. Aus diesem Rohstoff entstand ein »Buch erhebender und niederschmetternder Sprachkunst« (Jandl), einzigartige Gedichte, die Jandls späte Maxime in lebendige Poesie verwandeln: »die rache / der sprache / ist das gedicht.«
176 Seiten. € (D) 10,00. Sammlung Luchterhand 2020

Ernst Jandl, Laut und Luise

Ernst Jandl, geboren 1925 in Wien und 2000 dort gestorben, stellte das Manuskript mit dem Titel LAUT UND LUISE, der legendär werden sollte, 1963 zusammen. 1966 erschien diese erste große Sammlung seiner experimentellen Gedichte in einer limitierten Auflage. Dieser Band gilt als Meilenstein in Jandls Werk und muß auch als Meilenstein in der Entwicklung der Poesie der zweiten Hälfte des letzten Jahrhunderts angesehen werden.
»Überraschung, wortwörtlich Unerwartetes, schnellt Sprache fort. Das bedeutet zugleich Witz, Sprachwitz, Wortwitz. Kaum ein Band Gedichte ist so witzig wie dieser von Jandl. Aber so witzig er ist, so wenig ist Jandl doch nur ein Verfasser von witzigen Gedichte.« Helmut Heißenbüttel
208 Seiten. € (D) 10,50. Sammlung Luchterhand 2030

Sammlung Luchterhand – das literarische Taschenbuch

Klaus Siblewski, Telefongespräche mit Ernst Jandl. Originalausgabe

Klaus Siblewski (geboren 1950) hat nach der vielbesprochenen Bildbiographie A KOMMA PUNKT nun ein spätes Porträt des Schriftstellers Ernst Jandl anhand der Telefongespräche, die Ernst Jandl mit ihm in den letzten beiden Jahren vor seinem Tod geführt hat, vorgelegt. Das Telefon war das einzige Medium, mit dem Jandl noch Kontakt nach außen halten konnte. Gesprochen wurde über alles, und es zeigte sich immer deutlicher, unter welchen Bedingungen Jandl ein Leben lang arbeitete und weswegen ihm das Schreiben eine fortgesetzte Freude, aber ebenso eine Schwerarbeit war. In diesem Band wird die Erinnerung an einen der größten Lyriker des zwanzigsten Jahrhunderts wachgehalten.

»Hoch komisch, beste Groteske.« Die Zeit

192 Seiten. € (D) 9,50. Sammlung Luchterhand 2018

Sammlung Luchterhand – das literarische Taschenbuch

Ulrike Draesner, für die nacht geheuerte zellen. Originalausgabe
Rhythmisch, prägnant und formenreich, in Bildern, die die Vergangenheit mit der Gegenwart verbinden, machen Ulrike Draesners Gedichte Stimmen und Träume hörbar, die unser Alltag übertönt.
144 Seiten. € (D) 10,00. Sammlung Luchterhand 2004

Günter Grass, Die Vorzüge der Windhühner
Gedichte und Zeichnungen. Unveränderter Nachdruck der Erstausgabe von 1956. Mit diesem Werk, 1956 im Luchterhand Verlag erschienen, hat der Nobelpreisträgers Günter Grass seinen Ruf begründet.
80 Seiten. € (D) 8,50. Sammlung Luchterhand 2013

Kerstin Hensel, Bahnhof verstehen. Gedichte 1995–2000. Originalausgabe
Kerstin Hensel betreibt ein abgründiges Spiel mit Redewendungen und Versatzstücken der Sprache und entdeckt dabei Zauber und Geheimnis im alltäglichen Leben wieder. Ausgezeichnet u. a. mit dem Leonce-und-Lena-Preis.
128 Seiten. € (D) 8,50. Sammlung Luchterhand 2014

Norbert Hummelt, Zeichen im Schnee. Originalausgabe
Ob Anklänge an die Romantik oder Fortsetzung experimentellen Schreibens – Hummelt nimmt sich die Freiheit, dann auf Traditionen zurückzugreifen oder mit gewohnten Formen zu brechen, wenn es seinen dichten Momentaufnahmen von flüchtigen Bildern und von beunruhigenden Lebenssituationen nützt.
112 Seiten. € (D) 9,50. Sammlung Luchterhand 2005

Sammlung Luchterhand – das literarische Taschenbuch

Sergej Jessenin, Ein Rest von Freude

Jessenin ist die Inkarnation des russischen Dichters und der Abgott ganzer Generationen. Er war ein Perfektionist des Wortes, ein Sprachgigant, ein leidenschaftlicher Erneuerer, ein Anbeter der Liebe, ein Zauberer und Visionär.
176 Seiten. € (D) 10,00. Sammlung Luchterhand 2003

Pablo Neruda, Der unsichtbare Fluß

Pablo Neruda gehört zu den bedeutendsten Lyrikern des 20. Jahrhunderts. 1971 wurde er mit dem Nobelpreis ausgezeichnet. Diese Auswahl aus seinem Werk bietet eine einzigartige Möglichkeit, dem großen Dichter zu begegnen.
272 Seiten. € (D) 10,00. Sammlung Luchterhand 2002

Pablo Neruda, Hungrig bin ich, will deinen Mund

Liebessonette. Spanisch / deutsch. Nerudas Liebessonette sind in ihrer unvergleichlichen Kraft und ihrem Bilderreichtum einzigartig.
112 Seiten. € (D) 8,50. Sammlung Luchterhand 2015

William Butler Yeats, Liebesgedichte

Yeats' Gedichte auf Maude Gonne, die Vorkämpferin für die irische Unabhängigkeit, gehören zu den großen literarischen Zeugnissen einer absoluten, aber scheiternden Liebe.
144 Seiten. € (D) 10,00. Sammlung Luchterhand 2006